맨손 체조하듯 산다

맨손 체조하듯 산다

지수 쓰고 그리다

균형 있는 일상을 위한
김토끼의 숨 고르기 에세이

카멜북스

하나 둘

맨손 체조하듯 산다

홀로 서고 싶다. 혼자서도 건강하게 잘 먹고, 혼자서도 즐겁게 잘 지내고, 혼자서도 잘할 수 있는 일을 하면서 살고 싶다. 독립적으로, 그리고 유연하고 자유롭게.

하루는 친구가 말했다.

"근데 아무래도 혼자 할 수 있는 건 맨손 체조뿐인 것 같아."

맨손 체조가 아니고서야 뭘 하더라도 어쩔 수 없이 누군가와 함께해야 한다는 게 그의 생각이었다. 혼자 조용히 방에 틀어박혀 글을 써서 독립 출판을 한다고 해도 독자가 없으면 말짱 도루묵이다. 하다못해 필라테스처럼 '혼자 하는' 운동도 강사에게 지도를 받거나, 최소한 제작자의 손을 거친 기구가 필요하지 않냐는 것이었다.

맞다. 완전히 독립적인 삶은 불가능하다. 아무리 끊어내도 나는 누군가의 자식이자 형제일 것이고, 돌연 혼자서 무인도에 들어가 집을 짓고 산대도 지구 저편의

누군가에게 영향을 받으며 살아갈 수밖에 없다.

내가 바라는 '독립'은 누구와도 관계없는 상태를 의미하는 게 아니다. 나에게 이상적인 독립이란 '그럼에도 불구하고 홀로 설 수 있는 사람이 되는 것'이다.

맨손 체조하듯 담백하게 일하고 군더더기 없이 생활하는 사람이 되고 싶다. 생존에 관계된 것, 생활에 관련된 것 그리고 사랑하는 일을 내 손으로 직접 해결하고 싶다.

그래서 할 줄 아는 게 아주 많았으면 좋겠다. 특정 시스템이나 조직, 사람에게 기대지 않고도 할 수 있는 게 아주아주 많았으면 좋겠다. 홀로 설 줄 아는 능력이 개개인의 독립적인 삶을 탄탄히 뒷받침해 주는 동시에 서로를 견고하게 연결해 주리라 믿는다. 유연하고 자유롭게.

차 례

3부.   **좋아서 하는 일**

    _잘하는 일이 된다면 더 좋고요

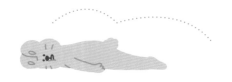

1 부

내가 만든
작은 세계

매일 혼자서 재미있게

내 다리로 홀로서기

혼자 서 기분 좋아지는 방법

신나는 음악에
아무 의미없는 막춤 추기

이불 빨래하고
좋아하는 향수
뿌리기
+ 코끝까지
이불 올리기

과일 사먹기

집 온도조절
쾌적하게
하기

일기장에
솔직하게 털어놓기

거울 보고 혼잣말로
말도 안되는 칭찬하기
+ 크게 웃어 버리기

불 다 끄고
간접조명만
은은하게 틀어두기

그리고 넷플릭스 보기

내가 만든 작은 세계

내 다리로 홀로서기

영원할 것 같던 것들도 쉽게 바스라진다. 어릴 적 살던 동네에는 커다랗고 낯선 빌딩들이 들어섰고, 평생 친구라 늘어놓았던 이름들은 몇 년 만에 다른 이름들로 바뀌었다. 내가 믿는 사람이나 제도는 나만큼이나 연약해서, 언제 어떻게 변하고 전복되어 사라져 버릴지 알 수 없다. 진리라 믿던 문장이나 삶을 쌓아 올린 지반도 불안하기는 마찬가지다.

의존은 잠깐 동안 마음의 평화를 가져다주지만, 그건 언제 터질지 모르는 폭탄처럼 위태로운 안정이기도 하다. 기대고 있던 대상이 흔들리면 나도 함께 맥없이 넘어지기 때문이다. 그래서 내 다리가 굳건해지기를 바란다. 누구나 사회적 맥락 안에서 그때그때 누군가와 관계하며 제도 속에서 살아갈 수밖에 없으나, 그에 앞서 혼자서도 잘 살 수 있는 능력을 갖추고 싶다.

'홀로서기'의 첫 단계는 경제적으로 자립해 스스로 생활하는 것을 의미한다. 그간 부모님께 받았던 따뜻하고 든든한 지원으로부터, 공기처럼 당연했던 생활 공간과 기반으로부터, 그리고 규칙과 제한들로부터 독립한다. 자기만의 공간을 꾸리고, 생활 기반을 다지고, 자기 몸에 잘 맞는 규칙을 새로이 만들어 간다. 자기가 만든 작은 세계에서 오직 자신을 위한 판단과 결정, 행동을 한다.

혼자서 할 수 있는 일의 가짓수를 늘려 간다. 자기 일을 결정하고, 책임지는 경험을 한다. 그런 연습이 홀로서기 근육을 길러 준다. 나의 문제를 다른 누군가에게 맡기지 않고 스스로 판단할 수 있다. 그렇게 혼자서도 잘 살 수 있는 영역을 조금씩 늘린다. 집안일도 사회생활도 먹고 사는 일도 돈 관리도 라이프스타일을 정하는 일도 내가 나의 최종 권한자가 되어 결정한다.

변화와 풍파에 때때로 흔들리더라도 무너지지 않으려면 자기만의 생존 비결이 필요하다. 나에게 잘 맞는 것을 판단하고, 결정에 자신감을 가지고, 세상 누구보다 나를 믿으며 살고 싶다. 불확실함이 넘치는 세상에서 나에게 친숙하고 편안한 영역을 하나둘 늘리고, 내 손으로 만든 나의 세계를 조금씩 키워 가면서 차츰 나만의 '완성형 독립'을 그려 간다.

두발로 힘껏,
이게 나의 최선이에요

어릴때 우리 집은 맨 꼭대기 층, 2002호 였다.
2002 월드컵 즈음 해서 이사 했었다.

초등학생이었던 나 → 월드컵이랑 우리 집 호수랑 무슨 관련일까? 열기가 가시고 나면 우리 집은 어떻게 되는 걸까?

← 거실 풍경.
내 방이 있었지만 주로 거실에서 지냈다. 거실에 커다란 책상이 있었던 것이 우리 집 특징!

스피커 TV 스피커
창문
소파
책상

m : 책꽂이 → 여기가 내 자리였다.
부모님이 책을 좋아하셔서 집 거의 모든 벽이 책꽂이였다. (아빠는 미혼 시절 월급 80%를 책 구매에 썼다고 한다.) 나는 우리 가족 중 책을 제일 안 읽었지만, 아무튼 책과 책을 좋아하는 사람들에 둘러싸인 환경이 지금의 '책 쓰는 나'를 만들었다고 믿는다.

두 발로 힘껏, 이게 나의 최선이에요

고소 공포증은 내가 늘 안고 사는 약점이다. 비행기 타는 걸 무서워하거나 스카이워크를 못 걷는 정도가 아니라, 일상생활에서 거슬릴 수준이다. 한쪽이 뚫려 있는 에스컬레이터를 타면 주저앉고 싶다. 10층 이상의 고층 건물에서는 불안하다. 높은 곳에 떠 있다는 느낌을 좀처럼 떨칠 수가 없기 때문이다.

고소 공포증이 심해진 건 중학교 1학년 때였다. 당시 우리 집은 아파트 꼭대기 20층이었다. 여느 때와 같이 거실 책상에서 공부를 하고 있었는데, 별안간 거실 바닥이 위아래로 흔들리기 시작했다. 지진이었다. 상황은 몇 초 만에 끝났지만 잠들기 전까지 손발에 땀이 나고 심장이 쿵쾅거렸다. 발을 굳건하게 디딜 수 있다고 믿었던 우리 집 마룻바닥이 사실은 붕 떠 있고, 언제고 흔들릴 수 있다는 것을 그날 처음 알게 되었다.

그 후로 높은 곳에 올라갈 때면 종종 그 기억이 불현듯 떠오르면서 가슴이 조여들었다. 견고할 것만 같은 것들도 언제 흔들리고 무너질지 모른다. '괜찮을 것'이라는 얄팍한 믿음 위에 서 있을 뿐, 우리 삶 전체가 기대고 있는 기반은 운명 앞에 나약하다. 당연했던 풍경과 일상과 상식은 하루아침에 전복되기도 한다.

나는 일어날 수 있는 모든 가능성에 대비할 수 있을 것처럼 노력했다. 시험에서 생판 처음 보는 문제가 나오지 않도록, 수업 준비물을 새까맣게 잊었다가 선생님께 혼나는 일이 없도록, 내가 하고 싶은 일이라면 언제라도 할 수 있도록 노력했다. 철저하게 준비하면 무엇이든 마음먹은 대로 되리라 믿었다. 모든 준비나 노력이 무색할 만큼 세상이 몹시 가혹한 반면 인생은 너무 연약하다는 걸 알기 전까지는 이 순진하고 낙천적인 믿음에 손톱만 한 의심도 없었다. 피할 수 없는, 미리 준비할 수 없는 공포 앞에서 우리는 겸손해진다.

그때 내가 경험한 지진은 대부분 느끼지도 못할 정도로 약했고 다행히 피해 또한 없었다. 그러나 내 힘으로 어찌할 수 없는 사건이 언제든 일어난다. 지금의 무탈과 행운에 오만해지지 말 것을 내가 잊을 만하면 전지전능한 누군가가 당부해 주는 것 같다.

그럴 때마다 주저앉고 싶어지지만, 그럼에도 내가 택할 수 있는 유일한 길이자 최선의 길은 그냥 현실에 충실하게 사는 것이다. 나에게 주어진 하루하루에 단단하게 발을 딛고, 오늘을 만족스럽게 보내는 일에 집중한다. 내가 어떻게 해야 즐거운지, 어떨 때 꽤 살아봄 직하다고 느끼는지, 무엇이 기쁨을 주는지. 연약할지라도 나의 순간을 밝힐 수 있는 것들에 대해 알고 있어야 한다. 발에 힘껏 힘을 주고 어제도 내일도 아닌 바로 오늘을 즐겁게 보내는 것. 그게 내 존재의 연약함과 불안함을 다스리는 방법이다.

혼자만의 시간이 꼭 필요한 사람

고등학교 3년간 기숙사 생활을 했다. 이런 곳에서↴

각자 침대+책상이
있었다. 1층은 책상, 2층은 침대인 구조.

돌아가고
싶냐고요?
아뇨.절대요.

나를
내버려둬..
혼자 있고 싶어..

혼자만의 시간이 꼭 필요한 사람

사람과 사람 사이에 일어날 수 있는 시너지를 알고 있다. 내가 느꼈던 가장 선명한 감정, 커다란 원동력과 확신도 번번이 다른 사람과의 관계에서 시작되었다. 영감을 주는 사람과 만나고 가슴이 설레어 며칠을 각성 상태로 보낸 적도 여러 번.

나는 다른 사람이 순식간에 나한테 미칠 수 있는 영향력에 대해 잘 안다. 지나가는 칭찬 한 마디에 온종일 기분이 좋고, 사소한 비판 하나가 마음 깊이 몇 년을 간다. 당사자는 기억도 못 할 문장이 '내가 바라보는 나'가 되어 버리기도 한다. 그런 영향으로부터 자유롭지 못하기 때문에 다른 사람 앞에서 쉽게 긴장한다. 누군가와 대화하고 웃고 영향력을 주고받는 것에는 분명히 에너지가 들어간다.

사교에 쓸 수 있는 힘이 고갈되었을 때 옆 사람과 잘 지내는 게 얼마나 어려운 일인지를 몸소 경험한 것은 기숙사에서 공동생활을 할 때였다. 우리는 같은 기상 알람을 듣고 같은 시간에 일어나 같이 밥을 먹고 같이 수업을 들었다. 하루 일과가 끝나면 기숙사로 돌아와 잠들기 직전까지 함께 있었다. 옆자리 친구보다 한 페이지 더 읽고, 5분 더 늦게 자겠다고 은근한 신경전을 벌이기도 하고 때로는 둘도 없는 끈끈한 전우애에 불타기도 했다.

거미줄처럼 얽히고설킨 관계에서 주고받는 감정이 너무 크고 너무 많았다. 반면 우리 각자가 가진 사교력은 한정되어 있었다. 비밀도 피난처도 없는 공동생활 속에서 우리는 서로에게 실컷 상처를 주고 양껏 상처를 받았다. 돌이켜 생각하면 그때 우리는 그저 힘에 부쳐서 각자 할 수 있는 발버둥을 쳤을 뿐이었는지도 모르겠다.

인간관계가 버거워 아무도 모르게 증발했다가 돌아올 수 있는 기술을 간절히 바라기도 했다. 현실에 붙은 발을 뗄 수는 없으니, 누구에게도 침범받지 않는다고 느껴지는 안전하고 자유로운 시간과 공간을 찾아 기숙사 곳곳을 헤맸다. 끝내 찾은 곳은 고작 면학실 개인 자리였다. 나는 운 좋게도 가장 안쪽 자리에 배정을 받아 한쪽에는 벽이 있었다. 다른 한쪽에는 친구가 앉기로 되어 있었지만 그 친구는 면학실에 잘 나타나지 않았고, 덕분에 그곳에서는 혼자가 되었다.

기숙사 곳곳의 장소들을 떠올리면 답답하고 힘든 기억이 먼저 떠오르는데, 그 자리는 언제 떠올려도 편안하고 안락한 느낌이 든다. 공부도 하고 즐기도 하고 아이스 티도 타 마시며 나는 면학실에서 항상 마지막까지 남아 있는 사람이었다. 힘든 일이 있을 땐 그곳에서 눈물을 뚝뚝 흘리며 일기를 쓰기도 했다. 그러고 나면 홀가분해 졌다. 싫은 소리도 웃어넘기고 미운 얼굴에도 웃음 지을 힘이, 다른 사람의 안녕을 진심으로 빌어줄 수 있는 여유도 충전되었다.

나한테는 사람이 정말 소중하지만, 침범받지 않는 공간과 시간 역시 꼭 필요하다. 혼자만의 시간이 없으면 도무지, 도무지, 도무지 행복하지 않다. 온전히 혼자일 수 있는 시간과 공간이 나를 얼마나 평온하게 하는지, 그 평온함이 사회생활을 비롯한 나의 활동에 얼마나 튼튼한 힘이 되는지 잊지 말자. 가끔은 반드시 혼자가 되자.

연습게임이 끝나면

중2 보다 무서운 대학교 2학년의 나.
뭔가 해낼수 있다는 느낌이 나를 무섭도록
자유롭고 거침없게 만든다.

나란 어른..

고양이도 책임지는
나는야 어른..

하숙집
아주머니

토끼야!
토스트 먹어.
1층에 있어.

입금알림

용돈 ♡

내가 널 꼭
먹여 살릴거야!

나만
믿어!

... 먀오

연습 게임이 끝나면

대학교 2학년 여름방학이 끝날 무렵 나는 하숙집에 들어가 살았다. 그때는 한창 장마철이었다. 하숙집에 처음 들어가던 날에도 장대비가 쏟아졌다. 그 집의 첫인상은 축축한 향이었다. 원목 가구 냄새와 비 냄새, 곰팡내가 섞여 있는 듯했는데 하숙집의 여름을 늘 지배했던 건 냄새였다. 그 냄새를 떠올리면 나는 언제고 그때 그 감성으로 돌아갈 수 있다. 들떴지만 무섭고, 어른이 된 것 같았지만 실상 어리고 쪼들리던 그때로.

내 인생 '나 혼자 산다'의 시작이 바로 그 하숙집이었다. 혼자 살던 집 중 가장 오래 머문 곳이기도 하다. 부모님께 꼬박꼬박 받는 용돈으로 생활했고, 주인집 아주머니께서 매일 새로 차려 주시는 따뜻한 밥과 국을 먹었으므로 완전한 독립이라고 볼 수는 없었다. 화장실 청소도 직접 하지 않는 독립이 어떻게 진짜 독립일 수 있나.

반쪽짜리였지만 전에 느껴 본 적 없는 해방감과 자유만큼은 실컷 맛봤다. 가족들이 아니라 오로지 나를 기준으로 기상 알람을 설정했고, 내 귀가 시간은 누구와 의논하거나 공유할 필요 없이 나만 알면 됐다. 식사를 거

르거나 늦잠을 자는 것도 내가 원하면 얼마든지 할 수 있었다. 혼자 통신사 대리점에 들어가서 핸드폰을 바꾸고 온 날에는 정말 다 큰, 완전히 독립적인 사람이 된 것 같았다.

혼자 살면서 알아야만 하는 것들 역시 자연스레 알아가게 되었다. 먹고 자고 씻는 기본 생활에 얼마나 돈이 많이 들어가는지, 과일 값은 또 얼마나 비싼지, 갑작스레 큰돈 나갈 일이 얼마나 자주 찾아오는지를 하나하나 체험했다. 월초에 흥청망청 생활비를 썼다가 월말에 한껏 움츠러들기도 하면서, 내 생활에 책임감을 가지게 되었다. 하숙집에서 산 지 1년 반이 흐른 뒤 뒷골목에서 우연히 만난 길고양이를 내 방에 들이고 나서부터 책임감은 더 무거워졌다. 좁디좁은 하숙방에서 내가 할 수 있는 어른 놀이는 다한 셈이다.

몇 년 뒤 하숙집을 떠나 완전한 독립을 하고서야 그때 그 시절이 연습 게임이었다는 걸 알게 되었다. 실전은 잘 곳과 먹을 것이 모두 보장된 아늑한 하숙집 울타리 밖에서 이루어졌다. 일을 하지 않으면 돈을 벌 수 없고, 돈을 벌지 못하면 나와 고양이가 배를 곯는다는 걸, 하숙집 아주머니께서 만들어 주시는 달콤한 샌드위치 같은 건 스스로 해 먹고 뒷정리까지 해야 한다는 걸, 이를 비롯해 내가 외면하던 모든 책임이 한 방울의 과장도 섞이지 않은 현실이라는 걸 깨닫고 말았다. 놀이는 끝났다.

그로부터 시간이 많이 흐른 지금은 혼자 사는 집에서도 사회에서도 어엿한 어른 역할 1인 몫을 하고 있다고 생각한다. 섬유유연제를 쓸 줄 알고, 음식물 쓰레기를 꽁꽁 얼려 내놓을 줄 알면 어른 다 된 거 아닌가? 업무로 만난 사람들에게 명함을 척 내밀 수 있으면 사회인 아닌가?

몇 년 뒤 내가 이 글을 보면 아마 비웃겠지.

마음껏 비웃어! 그래도 부정할 수는 없을걸. 지금 네가 가진 잔근육은 어리숙하고 쪼들리고 위태로웠던 그때 그 순간들, 지금 이 순간들을 겪으며 생긴 거라는 걸!

나를 가두는 네모난 칸

오피스텔에서 지낼 땐 걸음이 나도 모르게 빨라졌다.

긴 복도 지나가는 게
나는 좀 무서워....

나를 가두는 네모난 칸

정든 하숙집을 나온 건 졸업 후 한 회사에 입사했을 때였다. 판교 회사 촌에 위치한 IT 회사였다. 첫 사회생활에 적응하기 바쁜데 출퇴근 시간의 대중교통까지 감당할 자신이 없었기 때문에 고민 없이 회사 3분 거리에 있는 집을 구했다. 작지만 온통 하얗고 반짝이는 신축 오피스텔이었다. 1, 2층은 상가, 3층은 주차장, 4~8층이 오피스텔인 건물이었던 걸로 기억한다. 나는 7층에서 살았다.

첫 입사, 첫 출근, 첫 정장, 첫 월급, 내가 번 돈으로 내는 첫 월세. 가슴 벌렁거리는 이 모든 일이 하얗고 예쁜 오피스텔에서 일어났다. 금색 카드 키를 2개나 찍어야 집에 들어갈 수 있었다. 기나긴 복도 끝에 있는 방이라 엘리베이터에서 내려 저 끝까지 걸어가야 했다. 또각거리는 검은색 구두 소리가 복도에 울려 퍼졌다. 왠지 모르게 어깨에 힘이 들어갔다.

입사한 지 두 달쯤 되던 날, 나는 회사가 단단히 비정상이라고 확신했다. 직접 겪은 여러 권위적인 장면이 비상식적이기도 했지만, 객관적인 수치상으로도 '정상'이라 보기는 어려웠다. 근속연수가 3년도 되지 않았고, 1년

이내 퇴사율이 절반 이상이었다. 돌이켜 생각해 보면 평범하지 못했던 건 나였고 그곳은 그저 평범한 우리나라 회사였던 것 같기도 하다. 잘 모르겠다. 여전히 나는 무엇이 우리나라의 '평범'한 회사생활인지, 사람들이 보통은 어디까지 용인하며 살아가는지 알지 못한다. 그럼에도 내가 몸담았던 조직 중 가장 위계가 엄격하고 보수적인 곳이었다는 것만큼은 확실하다.

사장실 책상에는 빳빳하게 코팅된 조직도가 늘 붙어 있었다. 300개 정도 되는 이름들이 조그만 네모 안에 직책, 팀 이름과 함께 나열되어 있었다. 그 피라미드의 위쪽에는 우리 팀 팀장님 이름도 적혀 있었다. 사장님은 기분이 상하면 모두가 있는 자리에서 팀장님에게 무안을 주곤 했다. 내가 업무적으로도, 인간적으로도 존경하던 팀장님이 말도 안 되는 모욕을 당하는 걸 수도 없이 보았다. 그 조직에서 꿈꿀 희망을 잃었다.

회사에 마음이 뜬 뒤로는 금색 카드 키도 반짝거리는 오피스텔도 싫었다. 방을 향해 걸어가는 기나긴 하얀 복도가 무서웠다. 어느 밤 침대에 누웠다가 문득 내가 살고 있는 바로 이 건물이 사장님이 손에 쥐고 있는 조직도 같다는 생각이 들었다. 수많은 사람이 네모난 방 하나에 한 명씩 들어 있다. 내 위에도, 아래에도, 옆에도, 그 옆에도 주르륵 사람들이 칸칸이 들어 있다. 그렇게 몇 명 쯤이나 한 건물에서 숨 쉬고 있을까. 나는 얼굴도 이름도 알지 못하는 수많은 사람과 함께 네모 안에 잠자코 갇혀 있구나.

인류는 언제부터 건물을 쌓아 올릴 생각을 했을까? 좁은 땅에서 사람들을 최대한 많이 수용하기 위한 가장 효율적인 방법이라고 생각했을까? 한 사람이 다른 사람 위에, 그 사람 위에 또 다른 사람이 산다는 게 조금도 꺼림직하지 않았을까? 내가 누워 있는 이 순간 위 칸에 사는 누군가 나를 밟고 있을까? 나는 누군가를 깔아뭉개고 있을까? 사람을 칸칸이 가두는 이 작은 네모난 칸이 섬뜩한 것은 나뿐일까. 이번에도 평범하지 못한 건 나일까.

아무래도 오피스텔에서는 못 살 것 같다.

팬숍 제조하듯 산다

어둡고 작은 방

캐나다가 아니었으면
언제 또 이런 사선
창문을 맛봤을까.

나라마다
하늘도 나무도
어둠도 색깔이
다 다르다.
캐나다의 밤은
채도 높은
파란 어둠이다.

밖에 가로등이 예뻤다.

나몽이는
비행기 10시간 타고
도착한 캐나다에
10분 만에 적응했다.
신림동 고시촌 출신 성격 좋은 길고양이.

어둡고 작은 방

나는 여행이 좋으면서도 불안하다. 낯선 곳에서는 한 가
지 자극을 받아들이기도 전에 또 다른 강한 자극이 연이
어 오기 때문이다. 해외여행이라도 가면 이런저런 자극
에 휩싸여 머릿속이 체한 것처럼 멍한 상태가 된다. 그래
서 여행 일기에는 대체로 '몇 시에 일어나서 뭘 먹었고,
어디 가서 뭘 보고 뭘 샀다. 즐거웠다.' 같은 얄팍한 문장
들뿐이다. 3박 4일쯤 지나면 집에 있는 작은 책상 앞에
앉아 혼자서 보내는 조용한 시간이 슬슬 그리워진다.

바다 건너의 다른 땅에 며칠만 있어도 익숙한 내 나라와
언어, 공간을 그리워하는 나는 타지 살이에 적합한 사람
이 아니다. 하지만 사주에 있다는 역마살 때문일까? 타
지에서 지냈던 적이 지금껏 몇 차례 있었다. 가장 최근
의 타지 살이는 2017년 말부터 1년 반 동안 머물렀던 캐
나다였다. 별안간 미술 공부에 욕심이 생겨서 향한 곳이
었다. 북미 지역의 집들이 대개 그렇듯 나지막하고 큼직
한 집에서 살았다.

여행이 아닌 생활이었다. 적당히 놀고먹다가 돌아가는
게 아니라 장을 보고 청소하고 귀찮은 은행 일도 봐야

팬숑 제조하듯 산다

하는 '진짜 삶' 말이다. 역시나 낯선 지역에서 지내는 건 나한테 과한 자극이었지만 1년 넘게 살기 위해서는 어떻게든 그 세상을 이해하고 나름대로 받아들여야 했다.

그러기 위해 내가 택한 방법은 '쓰기'였다. 나한테 벌어진 일이나 자극을 받아들이기 위해 혼자만의 시간을 갖고 오랜 시간 생각한 끝에 내린 결론을 문장으로 적는 것이다. '이렇게 이해하기로 한다.'라는 잠정적인 마침표를 찍는 셈이다. 너무 커다란 자극은 어떻게 해석해야 할지 쉬이 마음을 정할 수가 없는데 그럴 때마다 한 문장도 적을 수 없을 정도로 무척 찝찝하다. 이런 시간이 길어지면 결국 세상에 잡아 먹힌 기분이 되고야 만다.

어떻게든 결론지을 준비가 됐을 때 나는 쓰기 시작한다. 흰 종이에 빼곡하게 기록을 남기고 나면 찝찝한 매듭 몇 개가 비로소 해소된다. 자극이 크면 클수록, 새로우면 새로울수록 마음을 정돈할 시간이 더 필요하다. 일기를 쓰는 건 나의 오래된 습관이었지만 캐나다에서는 유독 쓰는 것에 집착했다. 마음이 붕 뜨거나 우울할 때면 '내가 요새 덜 썼나 보다.' 생각하고 노트를 펼쳤다. 공책 몇 바닥을 채우고 나면 어느새 마음이 풀렸다.

내가 지냈던 방은 크기에 비해 층고가 굉장히 높았고 천장에 달린 주황색 조명이 아주 은은했다. 책상 옆에는 커다란 창문이 있었다. 창문 너머로 보이던 푸르고 깨끗한 어둠, 은은한 천장 조명과 작은 탁상 조명 아래서 뭔가를 계속해서 쓰는 나. 캐나다를 생각하면 가장 먼저 떠오르는 장면이다.

이해 안 가는 것 투성이인 그곳을 이해하고 적응해 보겠다며 나는 어둡고 작은 방에 틀어박혀 계속 뭔가를 생각하고 썼다. 나와 세상 사이에 '내가 이해한 세상'을 공고히 빚어낼 수만 있다면 어떠한 혼란이나 자극도 무리 없이 소화할 수 있을 거라 믿었기 때문이다.

책상 앞에 앉아서 보낸 시간이 훨씬 더 길었던 1년 반의 시간은 결국 이해와 적응으로 이어지지 않았다. 그래도 흐릿한 자신감을 얻었으니 의미 없던 시간은 아니었다. 조용히 마음을 가다듬을 수 있는 어둡고 작은 방만 있다면 어떤 시간도 공간도 견딜 수 있다는, 어떤 매듭도 결국에는 혼자 끄적거리면서 풀 수 있다는 묘한 자신감을 말이다.

펜션 제조하듯 산다

동갑내기 집으로 이사하다 🏠

언젠가 이런 게 있는 집에서 살고싶다!

계단 밑 창고방

해리포터가 지내던 방 같은 곳에 나는 노트북 책상을 넣고 싶다. 어둡고 좁지만 포근한 공간에서 영화 한 편 보고싶다 :)

비밀의 방으로 연결되는 비밀의 벽... 서랍 위 피규어를 돌리면 벽이 회전문처럼 돌아간다. 비밀의 방에는 내 보물들이 다 들어가 있다!!

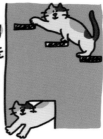

고양이용 벽

캣워크(높은 곳을 좋아하는 고양이들이 다닐 수 있는 길) 그리고 고양이 전용 구멍이 나 있는 벽...♡

2층에서 1층으로 연결되는 미끄럼틀.

야호

↓
이게 있으려면
일단 집이 2층이어야
하는데 ......

아치형으로 동굴(?)처럼 뚫려 있는 벽.
쿠션 몇개두고 책 보는 자리로 만들고 싶다.

☀ 결론 : 벽이 많이 필요함

동갑내기 집으로 이사하다

선택은 늘 애매한 지점이다. 현실과 이상 사이에 있는 어
중간한 어딘가.

새로 지낼 곳을 알아보러 가던 날, 내 현실은 잔뜩 위축
된 통장 잔고였다. 그리고 저 끝에 이상이 있었다. 깔끔
하고 넓은 집, 교통이 편하면서도 시끄럽지 않은 동네에
서 살고 싶은 꿈. 작은 어깨에 무거운 짐 2개를 동시에
짊어진 채 부동산에 갔다.

"얼마 생각하고 오셨어요? 특별히 찾는 집 있어요?"
부동산 아저씨는 딱 두 가지를 물었다.

"괜찮은 원룸이요. 교통이 적당히 좋으면 좋지만, 교통보
다는 집 자체가 더 중요하고……."
나는 이상과 현실 사이에서 선택을 미루며 얼버무리다
마지막에는 마치 고해성사라도 하듯 털어놓았다.

"그런데 다른 것보다 저, 고양이랑 함께 살아야 하는데요."

처음부터 반려동물과 같이 살아도 된다고 하는 집은 거

의 없고 대부분은 주인집 몰래 들이는 것이라면서 아저씨는 난처한 표정을 지었다. 나는 한층 더 곤란한 표정으로 아저씨를 따라다니며 이 방 저 방 구경했다. 첫 번째 본 방은 너무 작았고, 두 번째 본 방은 또 작았고, 세 번째 본 방도 역시나 작았다. 고양이와 나, 두 생명체가 함께 살기에는 턱없이 작았다. 뱅뱅 돌다 진이 다 빠졌다. 원래 마지막에 보여주는 방이 제일 좋은 방이라던데, 동네 한 바퀴를 순례하고 부동산으로 돌아오도록 기억에 남는 방이 하나도 없었다.

부동산 한쪽 구석에서 일어나지도, 뭐라 말을 꺼내지도 못하고 앉아만 있었다. 먼저 침묵을 깨고 비슷한 가격의 낡은 투룸은 어떻겠냐고 물어본 건 부동산 아저씨 쪽이었다. 좀 낡고, 지하철역에서 먼 대신 방이 2개인 집. 거기까지 걷는 건 무리라면서 아저씨는 차 키를 챙기기 시작했다. 그때 이미 알았다. 집은 무조건 마음에 들 것이고, 나는 며칠 뒤 그곳에 짐을 풀게 되리라는 걸.

도착한 집의 현관문에는 어린이 손바닥만 한 비밀번호 도어락이 설치되어 있었다. 어릴 적 쓰던 비밀 일기장에 달린 자물쇠처럼 부실해 보여서 과연 제 역할을 하기는 할까 의심스러웠지만, 귀여움으로는 어디 내놔도 빠지지 않을 생김새가 제법 마음에 들었다. 현관문을 열자 몸이 기억하는 익숙한 광경이 펼쳐졌다. 샛노란 장판, 투박한 나무 창틀, 주방으로 향하는 미닫이문. 유년 시절을 보냈던 할머니네 집처럼 편안한 분위기, 그리운 냄새, 그리고 촌스런 색깔이었다.

얌전한 고양이라면 함께 살아도 괜찮다는 주인집 허락까지 그날 바로 받았다. 며칠 뒤 계약서에 서명하기 위해 다시 부동산을 찾았을 때, 건물에 대한 정보가 가득 적힌 문서가 자리에 놓여 있었다. 건물을 담보로 대출받은 게 있는지, 집이 몇 제곱미터인지, 집주인은 어디 사는 누구인지 적혀 있었다. 훑어 보던 중 숫자 하나가 시선을 확 끌었다.

1992. 건물이 지어진 연도였다. 이 숫자가 특별한 이유는 내가 태어난 해와 같았기 때문이다. 내가 살게 될 집과 동갑내기라니!

10년 만의 최강 한파나 폭염, 서울 전역에 갑자기 쏟아진 소나기나 우박, 매해 찾아오는 크고 작은 태풍까지도 붉은 벽돌집은 이곳에서 한 발자국 물러섬도 없이 겪었을 테지. 내가 살면서 겪은 사건들을 그도 고스란히 겪었을 것이며, 내가 아는 사실을 그도 알고 있을 것이다. 거창하지는 않지만 비밀스러운 사실. 집에 들어서자마자 가방 깊숙한 곳에 숨겨 놓았던 짝꿍의 러브레터를 읽다가 얼굴이 갑자기 빨개졌다는 사실이나, 엄마 몰래 사온 불량식품을 조용히 꺼내 입 안에서 녹여 먹던 추억거리 말이다.

우리가 공유한 숫자가 대단히 의미 있는 것은 아니다. 동갑이라서 갑자기 집이 더 좋아 보이거나 동갑이 아니라고 해서 돌연 계약하지 않을 것도 아니었지만 이 별것도 아닌 네 자리 숫자가 우리를 묘한 끈끈함으로 엮어 주었다.

현실과 이상 사이에서 어중간하게 있던 내 선택이 이상에 몇 센티 더 가까워졌다. 그 숫자 하나로. 그렇게, 같은 세월을 품은 우리가 함께하게 되었다.

초등학교 옆에 산다

초등학교와 꼭 함께 오는 것들

분식집

오늘의 떡볶이를 내일로 미루지 말자!

냠냠

촵

문방구

옛날 내가 다니던 초등학교 앞에는 100원 넣고 버튼을 누르면 문방구에서 쓸 수 있는 코인을 랜덤으로 주는 뽑기 기계가 있었다. 나는 이 도박(?) 기계에 중독되고 말았었다... 도박에 얼마나 쉽게 빠질 수 있는지 그리고 헤어나오기는 얼마나 어려운지 초5 때 느꼈다. 그 후론 사행성 게임에 손도 안댄다.

초등학교 옆에 산다

초등학교 옆에 산다는 것은 택시에 타서 "○○초등학교로 가 주세요."라고 간편하게 얘기할 수 있다는 것을, 멀리서 ○○초등학교가 보이면 '이제 집이다!'라고 안도감을 느낄 수 있는 것을 의미한다. 초등학교 앞에서 파는 컵 떡볶이를 먹을 수 있고, 창문을 열어 놓으면 쉬는 시간 종소리도 들을 수 있다. 정신없이 작업하다가도 규칙적이고 정겨운 알람 덕분에 잊지 않고 어깨 스트레칭을 하게 된다.

초등학교 정문 근처 철물점 앞에는 동네 할머니들이 늘 모여 앉아 계신다. 손주를 등교시켰거나, 강아지와 산책을 나왔거나, 장을 봐야 해서, 그도 아니면 그저 바람이 좋아 밖으로 나오신다. 저마다의 이유가 있겠지만 이웃들과 수다를 떠는 일은 할머니들에게 소중한 일과다. 아주 추운 겨울날이 아니고서야 언제나 두세 명씩 앉아 계신다.

이곳 주택가에는 어린이며 젊은이며 노인이며 고루 섞여 지낸다. 대학가에서 자취 생활을 시작해 회사 촌에서 살다가 처음 이 동네로 이사 왔을 때 어딘지 낯설었던 이

유다. 대학가에는 대학생들이 대부분이었고, 회사 촌에는 직장인들이 많았다. IT 회사들이 모여 있던 판교 오피스텔에 살 때는 직장인들만 지겹도록 마주쳤지, 하루 종일 어린이 한 명, 노인 한 명을 보지 못했다. 비슷한 나이대의 사람들끼리 우르르 몰려 사는 데 익숙해져 있었다.

그래서 우리 다세대 주택 맨 위층에 사시는 90세 집주인 할머니께서 문을 두드리며 내가 내야 할 분의 수도세를 적은 조그마한 종이를 주셨을 때도 당황스러웠고, 초등학생들이 자전거를 타고 삼삼오오 몰려다니는 것도 오랜만에 마주친 풍경이었다.

오래전에 보았던 이 동네 풍경에 머지않아 적응이 됐다. 오전에는 태권도복 입은 관장님이 초등학교 정문에서 어린이들과 학부모를 맞아주고, 오후에는 학교 앞 떡볶이집에서 아이들이 꼬깃꼬깃한 천 원짜리 한 장 꺼내며 떡꼬치를 사 먹는다. 산책 다니는 동네 강아지들이 눈에 익고, 둘러앉아 담소를 나누는 어르신들의 얼굴도 익숙해졌다.

오가면서 다양한 연령의 동네 구성원들을 마주친다. 그리고 너무 당연해서 잊고 살았던 사실이 새삼 떠오른다. 내가 한때는 저들처럼 아기였고, 어린이였고, 학생이었으며, 지금은 젊지만 더 나이가 들어 훗날에는 노인이 되리란 사실 말이다.

내가 지나온 시간을 누군가는 지나고 있고, 또 누군가는 저 앞에서 걸어가고 있다. 나는 매일 동네에서 내 과거와 미래를 마주친다. 기세등등할 것도 상심할 것도 없다. 자라고, 분투하고, 안정을 찾다가, 미련을 가지다가, 또 어느 순간에는 초연해지겠지. 내가 동네에서 마주치는 사람들이 그렇듯, 나도 그럴 것임을 안다.

매일의 일상과 분투는 긴 생애 주기 안에 속해 있다. 순간은 점처럼 느껴지지만 사실 기다란 선 위에 놓여 있다. 그렇게 생각하면 너무 목맬 것도 없다. 내일이 되면, 일주일이 지나, 1년이 지나면, 10년이 지나면 별것도 아닌 일이 될 거야. 초등학교 옆에 산다는 건 그런 일이다. 하루하루를 별일 아닌 것처럼 담담하게 마주한다.

매일 아침 이블 터는 소리

아침을 깨우는 소리들

알람 소리
가장 많은 아침을 깨운 소리지만 가장 듣기 싫은 소리다. 프리랜서가 된 후, 별 일 없으면 알람을 맞추지 않는다. 혼자 사는 프리랜서가 누리는 특권 중 특권 👑

출근하는 =3 차 소리

섬뜩한 고요함

....?
햇볕이 날 때리나
...
따갑네
...

배고픈 고양이 소리
(가끔은 밟고 도망 감)

야아아 호 오옹

그리고 ...?

매일 아침 이불 터는 소리

내 투룸은 다가구 주택이 빼곡히 들어선 '옛날 골목'에 위치해 있다. 굳이 스마트폰으로 연락하지 않아도 골목 어귀에서 "누구야, 나와라! 놀자!" 하고 외치면 언제든지 친구들이 현관문을 박차고 뛰어나오는 그런 골목이라고나 할까. 골목 끝에 위치한 우리 집은 골목만큼이나 오래된 4층짜리 건물이다.

이사하던 날 밤 나는 통 잠에 들지 못했다. 불을 끄고 눈을 감으면 구석에 숨어 있던 바퀴벌레가 활동을 시작할지도 모른다는 공포에 휩싸여 있었기 때문이다. 자본주의는 거짓말을 하는 법이 없다. 가능한 예산 안에서 제일 큰 집을 무작정 골랐고, 큰 만큼 낡은 집이었다. 세월의 흔적이야 얼마든지 보듬어 줄 수 있지만 그 안에 벌레가 살고 있다면 얘기는 달라진다.

긴장 속에서 잠든 다음 날 아침, 잠에서 깰 무렵 나를 놀라게 한 건 벌레 대신 뜻밖의 소리였다. 귓가에서 가벼운 쇠붙이가 달그락거리는 소리가 들리는 게 아닌가! 분명 식사할 때 나는 소리였다. 그릇에 수저가 닿을 때 나는 바로 그 소리. 어찌나 가깝게 들리던지 누군가 바로 옆에서 식사 중인 게 아닐까 싶을 정도였다. 벌레가 아닌 사람의 존재를 느낀 건 다행이었지만, 본의 아니게 누군가의 사생활을 침범한 느낌이 들어 황급히 일어나 창문을 닫았다.

하지만 두 겹 창문을 꽁꽁 닫아도 아침마다 들리는 소리가 있다. 옆 건물 윗집에는 매우 부지런한 이웃이 산다. 매일 오전 10시쯤이면 이불을 팡팡 턴다. 알람 시계가 필요 없을 정도의 정확도를 자랑한다. 주중은 말할 것도 없고 심지어 공휴일도 예외는 아니다. 팡팡거리는 힘찬 소리와 함께 빽빽한 공기 압력까지 고스란히 내 방으로 전해진다. 그 덕에 늦잠을 자다가 별안간 강제로 눈을 뜨기도 한다.

집 고를 때 몇 가지 조건들은 반드시 확인해야 한다. 나또한 햇볕이 잘 들어오는지, 벽에 곰팡이가 피었는지, 물이 잘 나오고 잘 빠지는지 등을 꼼꼼히 확인했다. 그런데 층간 소음도 아니고 건물 간 소음에 시달리게 될 줄은 꿈에도 몰랐다. 부지런한 이웃은 정말이지 예상치 못한 변수였다. 오전 10시에 집을 보러 가지 않는 이상, 실제로 살아보지 않는 이상 알 수 없는 사항이었던 것이다. 직면해야만 깨닫게 되는 것이 선택의 길목 여기저기에 숨어 있다.

부지런한 이웃을 좋아해야 할지 미워해야 할지 나는 잠시 망설였다. 옆 건물 윗집은 이불 터는 시간 외에는 사람이 사는지도 모를 만큼 조용했기 때문이다. 남의 집 이불 터는 소리로 잠에서 깨 하루를 시작하는 것은 결코 유쾌하지 않지만, 마냥 싫은 것도 아니었다. 아침마다 그 소리를 들을 때면 어쩐지 조금 안심이 되기도 했다. 가까운 주변에 누군가 살아 숨 쉬고 있다는 것을 매일 아침 아주 확실한 방법으로 확인하는 느낌이랄까. 과장을 약간 보태자면 무슨 일이 생겼을 때 창문 밖으로 고래고래 소리를 질러 윗집 사람에게 알릴 수 있을 것도 같았다.

살다 보면 그런 순간이 꽤 자주 찾아오지 않나. 소리를 질러 누구에게라도 나의 답답함을 알리고 싶은 순간. 한 치 앞도 내다볼 수 없다는 게 막막해서 울고 싶은 순간. 혼자서는 감당할 수 없을 것 같은 막연함과 불안함이 엄습할 때 누군가는 나와 연대하고 있다는 느낌이 그럼에도 불구하고 버티게끔 한다. 이웃의 성실하고도 가까운 이불 터는 소리는 언제나 같은 자리에 누군가가 머물고 있다는 걸 느끼게 한다.

혼자 사는 집에서 나는 혼자가 아니다. 도움을 구하면 언제든 손을 뻗어 줄지도 모르는 부지런한 이웃이 창문 두어 개 너머에 있다.

조금은 느리게 살아도 되는 동네

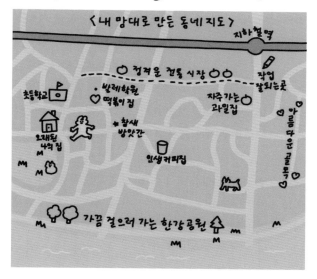

〈내 맘대로 만든 동네지도〉

지하철역

♡ 정겨운 전통 시장 ♡♡

작업 잘되는곳

초등학교

· 발레학원
♡ 떡볶이집

· 참새
방앗간

자주 가는
과일집

♡ 아름다운 골목 ♡

오래된
나의 집

인생커피집

가끔 걸으러 가는 한강공원

❋주의사항 ① 길치가 오로지 기억에 의존해 만든 지도로,
실제와는 다를 수 있습니다.
② 골목은 표시된 것에 비해 더 복잡합니다.
③ 다니는 곳 위주로 그렸으며, 나머지는
상상에 맡겨 채워 넣었습니다.

조금은 느리게 살아도 되는 동네

우리 동네는 신비로운 구석이 있다. 도보 30분 이내 거리면 마을버스를 타든 걸어가든 이동 시간에 큰 차이가 없다는 것이다. 예를 들어 이런 식이다. 4분 정도 걸어서 버스 정류장에 가고, 6분 정도 마을버스를 타고, 내려서 10분을 또 걷는다. 즉, 도착지까지 도보로 25분, 대중교통으로 20분이 걸리는 것이다. 그래서 '차라리 그냥 걷는 게 낫지.' 하면서 처음부터 걸을 때가 많다.

동네에 마을버스 정류장이 아주 많은데다 정류장 간 거리도 짧아서 버스가 수도 없이 선다. 출발하기 무섭게 멈추는 이 마을버스는 좁은 골목길까지 누비고 다닌다. 커다란 버스가 좁고 붐비는 곳으로 계속 들어가고, 자꾸만 멈추니까 느릴 수밖에 없다. 걷기에는 좀 멀고, 대중교통은 그리 편하지 않다 보니 동네 사람들은 자전거를 많이 탄다.

우리 동네는 세월이 만들어 낸 모습을 그대로 하고 있다. 어느 게 먼저랄 것 없이 집이 있는 곳에 도로가 들어서고, 도로가 생긴 곳에 건물이 들어섰을 것이다. 자를 댄 듯 도로가 반듯반듯하게 뻗어 있는 계획도시와는 아주 다른 모습이다. 그때그때 필요에 따라 들어온 작은 가게와 주택과 도로들. 그 덕에 골목길은 복잡하게 뻗은 미세 혈관처럼 고불고불하게 나 있다.

이 길이 저 길 같고 잘못해서 몇 걸음 더 걸으면 낯선 길에 들어선다. 지도를 봐도 헷갈린다. 우회전도 다 같은 우회전이 아니고, 30도 우회전과 60도 우회전 중 어느게 맞는지 잘 봐야 한다. 나는 이 동네가 익숙해졌다고 자신만만해할 때쯤 길을 잃는다. 대충 감을 믿다가는 처음 보는 곳에 도착해 있다. 숨바꼭질이라도 하면 깊숙한 골목길 어딘가에 꼭꼭 숨어서 누구의 눈에도 발견되지 못할 것 같다.

이 오래된 골목길은 나를 느리게 만든다. 수직과 수평이 아닌 비스듬한 도로를 걷게 만들고, 길을 잃게 하고, 자칫 막다른 길에 들어서게 한다. 나는 좀 더 일찍 출발해서 목적지에 느릿느릿하게 도착하고, 오류와 실수의 과정에서 가끔은 뜻하지 않은 작고 멋진 가게를 발견한다. 그게 오래된 동네에 사는 매력이라는 걸, 그리고 자연스러운 삶의 모습이라는 걸 받아들인다.

오늘도 전통시장에 갑니다

동나면 안 되는 꾸준템 몇 가지

미숫가루

제철과일
· 참외
· 귤
· 딸기
· 파인애플
· 사과

토마토
(설탕 뿌려 먹음)

아이스티 / 밀크티
각종음료 분말

간단 면류
· 둥지냉면
· 중가집 쌀국수

믹스커피

음료, 과일주의자

오늘도 전통 시장에 갑니다

제일 가까운 마트가 전통 시장이라는 것이 우리 집의 최고 자랑이다. 나는 전통 시장을 아주 좋아한다. 잡화부터 식자재, 간단한 음식까지 볼거리도 먹을거리도 많고, 사람 냄새가 물씬 나는 게 무엇보다 좋다. 꾸미거나 부풀리지 않고 사람 사는 모습 그대로일 수 있는 곳이라 솔직하고 편안하다. 해외든 국내든 여행지에 전통 시장이 있으면 꼭 들러서 길거리 음식도 사 먹고 사람 구경도 한다.

여행지가 아니라 실제로 사는 동네에 전통 시장이 있었던 것은 처음이었다. 집에서 초등학교를 지나 몇백 미터를 걸으면 전통 시장이 나온다. 우리 동네 전통 시장은 언젠가 교과서 속에서 보았던 '대형 마트 때문에 고전하는 전통 시장'의 모습이 아니다. 물론 그런 고충이 없지야 않겠지만 언제나 사람들로 붐비고 고객 중에는 젊은 이도 많다.

대형 마트에는 없는 게 없어서 카트 하나 끌고 Z자로 돌면서 필요한 것을 간편하게 살 수 있지만 전통 시장은 그렇지 않다. 채소와 과일은 이 집에서, 참기름이며 통깨는 저 집에서, 떡볶이 떡은 떡집에서 산다. 간단히 간장 국수를 해 먹으려고 전통 시장에서 장보던 첫날, 나는 상인들에게 "통깨는 어디서 팔아요?" "소면 파는 곳도 있어요?"라고 하나하나 물어보며 분주하게 돌아다녔다. 마트에만 익숙하던 나는 전통 시장에 새로이 적응해야 했다.

불편하다고 생각하면 불편하기 짝이 없다. 무거운 식자재는 카트 없이 손수 들고 다녀야 하고, 이제는 너무 익숙한 포인트 적립도 없다. 하지만 기본 재료를 사서 처음으로 냉장고에 채워 넣던 그날, 어색함 투성이인 전통 시장의 재미에 깊이 빠졌다. 단순히 여행지에서 잠깐 경험하는 '새로운 체험'으로서의 전통 시장이 아니라 매일매일 '생활 기지'로서의 전통 시장의 매력에. 전통 시장에서는 내가 고른 통마늘을 그 자리에서 갈아 주고, 고소한 냄새가 진동하는 참기름 집에서 직접 짠 참기름 한 병을 살 수 있다.

백화점과 마트에서도 품질 좋은 상품을 쉽게 구할 수 있겠지만 낡고 낡은 그 자리에서 오랫동안 참기름을 짜온, 매일같이 뽀얀 떡을 뽑아 온 상인들의 내공을 믿고 싶다. 한 자리에서 뭔가를 오래 했다는 건 그 자체만으로도 존경받아 마땅한 일이다. 그들에게는 분명 아주 가

늘고 기다란 근육이 차곡차곡 탄탄하게 붙어 있을 것이다. 빠르고 급하게 붙는 커다란 근육이 아니라, 오로지 세월만이 붙여 줄 수 있는 정직한 잔근육 말이다. 바코드가 찍혀 있는 가격 스티커보다 종이 상자의 한 귀퉁이를 찢어 매직으로 큼지막하게 숫자를 적어 놓은 핸드메이드 가격표에 눈길이 한 번 더 간다.

오랜 내공이 듬뿍 담긴 애호박과 깨소금, 참기름을 사와서 간장 국수를 해 먹었다. 특별할 것 없는 맛이었지만 한 그릇에 담긴 재료 하나하나를 보고 있자니 어쩐지 애틋하다. 다를 것은 없지만 또 분명히 다르다.

뚜벅뚜벅 걷는다

걸으면서 하는 것들

음악 듣기

밖에서 걸을 땐
99.9% 에어팟과 함께다.
그때그때 기분에 따라
플레이리스트가 다르지만
걸을 때 경쾌해지는 노래
몇곡 추천하자면...

♪ Like To Be You
   - Shawn Mendes
♪ Blueming -아이유
♪ Bright Blue Skies - Mitch James

산책 나온 강아지 구경하기

=3

어렸을 때 부모님이
"낯선 강아지 따라가지
말라."고 당부했었다...

길고양이 발견하기

풀숲이나 좁은 골목
자동차 아래에서
길고양이를 찾아보곤 한다.
나봉이와의 인연도
그렇게 시작되었다.

옷가게 느리게 지나가기

예쁜 가게를 마주치면
무슨 옷 있는지 구경하고 싶지만
염두에서 쇼윈도우를 보거나
들어갈 자신은 없는 나...
곁눈질 하며 스을쩍 느리게
걷는다.

아이디어 떠올리기

소재가 필요한데 안
떠오를 땐 몸 움직임을
바꾸고 뭔가 차도가 있는지
지켜본다. 의외로 일어나자
마자 떠오를 때도 있다!

뚜벅뚜벅 걷는다

나는 뚜벅이다. 어디든 걸어 다닌다. 도로주행시험 때 이후로 운전대를 잡아 본 적이 없고 차도 없다. 내가 가진 거라곤 두 다리와 교통카드뿐이다. '쉽게 닿을 수 있는 곳'이란 집에서부터 도보 20분 거리 정도까지다. 자기 차를 갖게 되면 이동 범위가 훨씬 넓어진다고 하지만 운전 연수를 받던 날마다 너무 긴장한 탓에 근육통으로 끙끙 앓던 기억을 떠올리면 자신이 없다.

운전에 별다른 욕심도 없다. 오히려 걸어 다니는 것만으로도 충분한 환경을 꾸리고 싶다. 걸어서 장을 보고, 걸어서 세탁소에 이불을 맡기고, 걸어서 편의점과 약국과 빵집도 갈 수 있는 터전. 다행히 지금 내가 사는 망원동이 딱 그렇다. 걸어서 2분 걸리는 발레 학원, 5분 걸리는 커피 맛집, 심지어는 한강공원도 15분 정도면 간다. 필요한 모든 걸 몇십, 몇백 보 안에서 해결할 수 있기 때문에 동네를 벗어나는 일도 드물다.

걷는 건 대표적인 맨손 체조다. 내가 혼자 해낼 수 있는 가장 기본적인 활동이다. 두 다리는 내가 원하는 곳에 다다를 수 있도록 해 준다. 주차 공간이 필요한 것도, 교통카드의 돈이 차감되는 것도 아니다. 그저 집을 나서서 두 다리를 움직이기 시작하면 된다. 아주 간단하다. 맨손 체조하듯 사는 사람은 분명 뚜벅이의 모습일 것 같다.

가끔은 기차나 비행기를 타고 한 번도 가 본 적 없는 머나먼 곳으로 여행을 떠나는 날도 있을 것이다. 여행은 늘 나에게 새로운 자극과 영감을 선물한다. 하지만 나의 일상은 아주 작은 세상에서 반복되기를 바란다. '기본 중의 기본'만으로도 생활에 꼭 필요한 곳들이 속속들이 닿는 삶이 딱 좋다. 걸어서 가지 못할 곳이 없다는 단순하고도 자신 있는 생활. 걸어서 작업실에 가고, 걸어서 장을 보고, 걸어서 집에 돌아오고 싶다. 두 다리로, 뚜벅뚜벅.

생각이 복잡할 땐 망원동 골목

생각이 복잡할 땐 망원동 골목

이름부터 귀여운 망원동은 꼭 한번 살아 보고 싶은 동네였다. 작고 멋진 카페와 소품 숍 명소로 망리단길이 반짝 떴을 때 친구와 "우리도 한번 가 보자!"라며 약속을 잡은 것이 망원동 첫 방문이었다. 망원역은 출구가 둘뿐이다. 그 유명한 망리단길은 2번 출구에서 쭉 걸어가면 나온다고 했는데, 출구를 나오자 보이는 것은 누가 봐도 오래된 골목이었다. 옛날 동네 빵집, 낡은 과일가게, 수산물을 쭉 내놓고 파는 가게가 차례로 보였다. 어릴 적 할머니 따라 시장에 가서 봤던, 오랫동안 잊고 지냈던 풍경이 펼쳐졌다. 우리는 아무래도 잘못 찾아온 게 분명하다며 눈을 씻고 지도를 다시 보았다. 그곳은 망원동이 맞았고, 금세 우리가 찾던 카페에 들어갈 수 있었다.

혼란스러움과 신기함이 뒤섞인 감정이 망원동의 첫인상이었다. 전통 시장을 비롯한 예스러운 골목과 아주 세련된 '요즘 감성'의 가게들이 한데 어우러져 망원동 특유의 분위기를 만들어 냈다. 묘한 매력이 있는 곳은 분명했지만, 몇 년 뒤 내가 그 부근에 자리를 잡고, 정겹지만 낯설었던 그 골목을 일주일에 서너 번씩 지나다니게 될 거라고는 생각지도 못했다.

미술 공부를 마치고 캐나다에서 돌아온 직후 지낼 곳을 찾아보던 중 망원동이 후보로 물망에 올랐다. 그 동네의 정겨운 풍경이 생생하게 떠올랐다. 왠지 그곳이라면 내가 원하는 모든 걸 찾을 수 있을 것만 같았다. 살면 살수록 좋아하게 될 게 분명하다고 생각했다. 두어 번 가본 게 다면서 왜 그런 확신이 들었는지, 왜 망원동에 사는 게 운명처럼 느껴졌는지 모르겠다. 아니나 다를까. 망원동에서 사계절을 지내본 결과, 지금껏 살았던 동네 중 가장 깊이 사랑에 빠졌다. 강렬한 직감은 역시 틀리는 법이 없다.

망원동에는 내가 정말 걷기 좋아하는 길이 있다. 생각이 복잡할 때면 귀에 에어팟만 달랑 꽂고 음악을 몇 곡 들으며 그 골목길로 향한다. 아기자기한 소품 가게와 소규모 스튜디오가 줄지어서 모여 있는 골목이다. 어둑어둑해질 무렵 가게들이 노란 조명을 켜기 시작할 때가 제일 예쁘다. 수십 번은 걸었던 길인데도 갈 때마다 어디 먼 나라에 여행 온 기분이다. 이 골목길에서는 마음이 몽글몽글해진다.

망원동에서의 첫 가을에 그 길을 걷다가 너무 완벽한 장면을 만나 나도 모르게 사진을 찍은 적도 있다. 서너 평 남짓 되어 보이는 작은 가게였는데, 회색 틀의 미닫이

문을 활짝 열어 두고 있었다. 바닥에 깔린 붉은 색깔 러그 바깥쪽으로 하얗고 까만 길고양이 한 마리가 동그랗게 앉아 있었다.

고백하자면 그날 그 골목은 내 꿈이 되었다. 만약 내가 그림 스튜디오를, 소품 숍을 낸다면 바로 그곳 어딘가였으면 좋겠다. 초입이든 한중간이든 끄트머리든 다 괜찮다. 이미 너무 아름다운 장면에 내가 끼는 것만큼 멋진 꿈이 또 있을까.

한번은 부동산에 들러 슬쩍 시세를 물어보기도 했는데, 매물이 잘 나오지 않을뿐더러 권리금도 꽤 크다는 비보만 듣고 조용히 나왔다. 손에 금방이라도 잡힐 듯한 꿈은 아니지만 그래도 그 골목은 내 맘속 1등이다. 돈을 많이 벌고 싶다는 욕심이 생긴다. 욕심이 생기니 머리가 복잡해진다. 오늘은 이른 저녁을 먹고 그 길을 걸으러 가야겠다.

어떤 집에서 살고 싶어?

높은 곳은 무서우니까 한 2~3층이 좋겠어!

그리고 내 방이 꼭 필요해. 방이 무리라면 내 전용 책상, 책장이 필요해!

거실엔 TV를 안 놓고싶어. TV는 작은걸로 안방에 놓든지 아예 없어도 상관없어.

거실은 집의 첫인상이자 공동시간을 제일 많이 보내는 공간이잖아? TV한테 정신 뺏기지 않고싶어. 좀 더 편안하고 조용했음 좋겠어. 대화 위주의 공간!!!

창문 근처에 카페처럼 테이블놔도 좋을것 같고..

스피커 정도놓고 음악틀어도 좋고!

천장도 좀 높으면 좋겠다. 창의력에 도움된대 그리고 또..

우리 집 규칙

외출 후 집에 들어오자 마자 가방을 비운다. 지갑, 립밤, 손거울처럼 늘 가지고 다니는 외출 필수템은 현관 수납장에 놓는다. 이렇게 하면 외출 준비할 때 이 가방 저 가방 뒤지지 않아도 된다.

얼음 트레이에는 늘 신선한 얼음이 구비될 수 있도록 부지런히 얼린다. (전회사에서 매일 얼음 관리하는 얼음요정이었음)

라면은 꼭 먹고싶을 때 낱개로 산다. 쌓아두지 않는다. (인스턴트 위주 식습관 방지차)

침대방에서는 영상을 절대 보지 않는다. 그것은 새벽행 급행 열차이므로... 요즘은 그래서 침대방 들어가면 팟캐스트 틀어놓고 수면 안대를 착용한다. 쉴 땐 쉬어야 해! 놀지 말고 쉬어야 해!!!

고양이에게 충분한 관심과 사랑을 준다♡ 야옹

집순이 잇 아이템 ☆

※주의 털 묻어있음 ↓ 호호

담요 (그리고 담요와
함께 오는 고양이)
둘 다 부드럽고 따뜻하다.

수면양말
- 한여름 빼고는
늘 함께한다.

넷플릭스와
함께면 지루할 틈이 없다.

다이어리는 붉은색이라야
운이 좋다는
징크스가
옛해 전
생겼다.

다이어리,
노트, 스티커들.
세상에서 제일 좋아하는
물품이다.

사이다 과일즙

500㎖ →
대용량 컵

넷플릭스 보면서
마시면 얼마나
맛있게요?

각종 과일. 나는 과일 없이
못 사는 과일주의자.

김 토 끼 맨 션

2 부

나다운 기본,
간소한 생활의 기쁨

스트레스는 적당하게,
행복은 적극적으로

내 몸의 무를 쓰는 방법

내가 이 집의 왕이자 판사이자 입법관이다!

엣 헴!

모든 규칙은 바로 이 몸이 정한다.

0. 게으름은 죄가 아니다.
1. 밥은 배고플 때 먹는다.
2. 잠은 졸릴 때 잔다.
3. 청소는 더러울 때 한다.

유 감

지키기 싫으면? 그 또한 내 마음! 이 몸 마음대로 한다!!!

그리고 나는
이 집의 유일한 요리사..

식기세척기 ...

청소부...

청소기 극혐하는
고양이

나도 싫어..

내 몫의 무를 써는 방법

혼자 살면 혼자 해결해야 하는 것이 많다. 청소, 빨래, 요리, 설거지 같은 기본적인 집안일만 하는 날에도 하루가 어찌나 빠르게 지나가는지 모른다. 특정 시간을 놓치면 곤란한 일도 있다. 청소기나 세탁기를 밤에 돌렸다가는 이웃집에 민폐를 끼칠 수 있고, 쓰레기는 일주일에 딱 3일 해가 지고 난 뒤에만 내놓을 수 있다. 배꼽시계에 맞춰 밥 시간도 하루에 두세 번씩 찾아오고, 다 먹고 나면 설거짓거리가 생긴다. 나는 엄청난 얼음 덕후로서 얼음이 들어간 음료를 무척 좋아하는데, 얼음이 동나지 않도록 미리미리 얼려 두는 것도 오롯이 내 몫이다.

거의 모든 일이 그렇지만, 집안일의 동력은 두말할 것 없이 '필요'다. 더는 쓸 수건이 없을 때 빨래를 하고, 밥을 먹을 때 깨끗한 숟가락이 없으면 꾸역꾸역 밀린 설거지를 한다. 천장에 달린 형광등 둘 중 하나가 나가도 최대한 버티다가 남은 하나마저 나가야 몸을 움직인다. 멀쩡한 형광등이 하나라도 있으면 일단 뭉개고 보는 게으름뱅이가 나다. 얼른 칼을 뽑고 무라도 썰어야 할 텐데, 그놈의 칼은 뽑기가 왜 이렇게 힘든 건지. 나는 필요에 의해서 마지못해 움직이는 편이다.

그런데 혼자 산 지 만 7년. 놀라운 변화가 감지되었다. 깔끔하게 비어 있는 설거지통이나 수건이 충분히 쌓인 수건함을 종종 목격한다. 밥을 먹자마자 설거지하고, 수건이 5장이나 남았는데도 미리 빨래를 하게 된 것이다! 지금 당장 필요하지 않은데도 빨래를 하고 옷을 널 때, 그릇을 사용하자마자 설거지를 하고 싱크대를 깔끔히 비울 때, 나는 엄청나게 근면한 사람이 된 것만 같다. 가끔은 작은 성취감을 느끼고 싶어서 일부러 집 안을 돌아다니며 이런저런 일을 처리한다. 집안일에도 몇 년 경력이 쌓이니 근육이 붙은 건가 싶다.

나는 집안 꼴에는 여전히 퍽 무신경하지만, 내 상태에는 상당히 예민하다. 집안일을 하기 위해서는 어떤 기분이어야 하고, 몸 상태는 어때야 하며, 주변의 공기는 얼마나 쾌적해야 하는지 너무 잘 안다. 내가 특정 상태일 때 흐름만 잘 타면 평상시에 귀찮게 여기던 일도 가뿟한 몸과 마음가짐으로 해낸다. 빨래는 '피곤하지 않으며 적당한 움직임과 소박한 성취감을 느끼고 싶은 상태'일 때, 쓰레기 분리수거는 '활동성과 추진력을 다소 가지고 있는 상태'일 때 손쉽게 할 수 있다. 어쩌면 그런 내 상태와 흐름을 눈치껏 포착해 결코 그 순간을 넘기지 않고 몸소 움직이게 된 것이 요즘 내가 근면한 집안일꾼이 된 비결인지도 모른다. 비단 집안일에만 한정된 건 아니다. 글은

맨숀 제조하듯 산다

'차분하고 또렷한 마음 상태'에서 써야 제맛이다. 나는 나의 여러 상태들을 얌전히 기다리곤 한다. 지금 이 글 역시 기다리고 기다리던 '글쓰기 좋은 흐름'을 타며 쓰고 있다.

어떤 일도 저절로 되지 않는다. 우리는 때로 주변 사람들의 도움을 받지만, 삶에는 스스로 감당해 내야만 하는 영역이 분명히 존재한다. 각자 몫의 짐은 한두 개가 아니다. 그리고 안타깝게도 '꼭 해야 하는 것'은 재미없고, 하기 싫을 때가 많다. 해야만 하는 일들을 부지런하게 해내는 지름길은 아직 찾지 못했다. 다만, 간혹 '○○○을 한다! 지금 한다!' 하는 기분이 찾아오는 때를 놓치지 않고 곧장 실행에 옮긴다. 내 몫의 무는 내가 칼을 뽑고 싶을 때 썰련다. 나의 흐름에 맞게.

전자레인지 없이도 잘 먹는 생활

< 믹스커피 맛있게 마시는 방법 >

물을 끓인다.

커다란 유리컵에 커피믹스를 두 봉 넣는다.

끓는 물을 소량 넣고 커피믹스를 완전히 녹인다.

우유를 따른다.

넘치기 직전까지 얼음을 넣는다.

치얼스

얼음을 휘적 휘적 저은 뒤 맛있게 마신다.

전자레인지 없이도 잘 먹는 생활

이사한 지 1년이 흘렀지만 우리 집에는 여전히 물건이 많지 않다. 스타일러나 로봇 청소기가 없는 건 둘째 치고, 전기 포트나 전자레인지 같은 생활필수품도 없다. 사는 데 큰 지장이 없다면 일단 없이 살기로 했다. 가지고 있는 물건 수 자체를 줄이고 싶기도 했지만, 생활의 모습을 간소화하고 싶은 마음이 더 컸다.

있다가 없으면 아쉽다. 전자레인지가 없으니 끼니를 때우기가 힘들다. 데워 먹을 수 없으니 편의점에서 파는 도시락이나 삼각김밥은 아예 먹을 생각조차 않는다. 한 끼 간단히 해 먹으려 해도 밥을 안치거나 국수를 삶아야 한다. 요즘같이 즉석식품이 먹기 좋게 잘 나오는 시대에 1인 1묘 가구 생활자로서 전자레인지 없이 사는 건 여간 어려운 일이 아니다.

전기 포트는 또 얼마나 뽀송뽀송한 삶을 제공했던가. 봉지 라면을 끓여 먹는 것조차 귀찮아서 집에서도 컵라면을 먹었었는데, 이제는 좋아하는 믹스 커피 한 잔을 마시기 위해 가스레인지에 냄비를 올리고 물을 끓인다. 물이 끓을 때까지 기다렸다가 가스를 잠그고 두툼한 주방

장갑으로 냄비를 옮겨 머그잔에 뜨거운 물을 붓는다. 전기 포트 하나만 있으면 쉽게 해결될 일을 굳이 어렵게 만든다. 간단하게 커피 한 잔을 마시고 싶어도 거쳐야 하는 일련의 과정이 떠올라 포기할 때가 많다.

때로는 궁색하고, 때로는 유난스럽다. 하루는 냉동 떡이 녹기를 하염없이 기다리다가 쇼핑몰에 전자레인지를 검색하기도 했다. 얼마나 편리한지, 얼마나 자주 쓰는지 잘 알기 때문에 유혹이 종종 찾아온다. '있어야 할 것' 없이 사는 것, 기계의 손을 빌리지 않는 것은 솔직히 아주 번거롭다.

영원히 녹지 않을 것 같은 냉동 떡을 프라이팬에 마구 굽다가 프라이팬도 떡도 못 살린 그날은 정말 위험했지만, 그래도 전기 포트나 전자레인지를 사게 될 일은 당분간 없을 것 같다. 없이 사는 생활이 번거롭고 귀찮은 건 부정할 수 없다. 다만 딱 하나, 그 번거로움과 귀찮음으로 얻어진 단출한 생활의 모습이 나쁘지 않다.

전자레인지를 들이는 순간, 지금은 쉴 새 없이 일하는 압력밥솥이 순식간에 일자리를 잃게 될 것이다. 하루가 멀다 하고 즉석 밥이며 도시락을 사 들고 올 나를 잘 안다. 간편함에 유혹되기란 너무나도 쉬운 일이다.

우리 집에는 전자레인지도 전기 포트도 없으니 즉석밥 대신 갓 지은 밥을, 컵라면 대신 비빔국수를 만들어 먹는다. 즉석식품을 자꾸 먹으니 간단하게라도 만들어 먹는 게 아무래도 건강에 좋지 않을까. 얼마간 이렇게 지내니 피부 트러블도 소화 불량도 줄어든 것 같다. 그저 기분 탓인지도 모르지만 아무렴 어때, 기분이 제일 중요한데. 덤으로, 오로지 나를 위한 한 끼를 든든히 잘해 먹고 나면 나 자신을 제대로 대접한 느낌이 든다.

매 끼니 전자레인지에 3분 돌린 즉석 밥에 즉석 국을 먹는 나와 직접 계량하고 씻은 쌀로 밥을 짓는 나는 뭐가 달라도 다르다.

어떤 생활을 하느냐에 따라 필요한 물건이 달라지기도 하지만, 역으로 어떤 물건을 선택하고 자주 사용하느냐에 따라 생활의 모습도 달라지기 마련이다. 나는 번거롭고 느려도 하나하나에 공을 들이는 생활을 선택하기로 했다.

그리고 너무 간절할 때 양은냄비에 물을 끓여 마시는 믹스 커피는 세상에서 제일 달콤하다.

간소한 공간, 홀가분한 마음

맨손 체조하듯 산다

간소한 공간, 홀가분한 마음

이번 투룸에 이사하면서 결심한 게 있었으니, 혼자서 옮기지 못할 가구는 들이지도 말자는 것이었다. 세탁기나 냉장고, 침대는 어쩔 수 없이 타협했지만 나머지는 전부 나 혼자 나를 수 있는 가구들이다. 옷장 대신 행거, 서랍장 대신 얇은 나무 상자, 묵직한 소파 대신 가벼운 안락의자 하나가 방에 놓여 있다.

무게감 있는 커다란 가구가 없어서 그런지 내 방은 미완성 느낌이 물씬 난다. 아직 들어올 이삿짐이 남아 있는 것처럼 보이는 어정쩡한 상태로 1년째 지내고 있다. 빈 공간은 고양이 나몽이가 무척 잘 사용하고 있다. 집이 크기를 바랐던 유일한 이유는 동거 고양이 나몽이의 복지를 위해서였으므로 만족한다. 그리고 가벼운 가구들만 있으니 기분에 따라 이리저리 배치할 수 있다는 장점도 있다.

이렇게 살기로 결심한 데에는 몇 가지 이유가 있다. 우선, 무겁고 커다란 짐이 생기는 게 무섭다. 내가 직접 옮기지 못하는 가구는 처음에 누군가가 배치해 준 뒤부터 이사할 때까지 그 자리에 그대로 있을 텐데, 내내 한자리를 떡하니 차지하고 있을 가구에 내 생활이 지배당할 것만 같다. 커다란 가구를 떠올리면 막연히 숨이 막힌다. 어릴 때 내 방에 붙박이처럼 놓여 있던 커다란 갈색 피아노를 기억한다. 초등학교 때 이후로는 쳐 본 적 없는 이 피아노 때문에 내 방은 처음 이사간 날부터 문이 절반밖에 안 열렸다. 그 집을 떠나는 날이 되어서야 방에서 피아노가 빠졌는데, 나는 내 방이 그렇게 넓고 쾌적한 공간이었는지 처음 알았다.

간소한 집, 소박한 가구에는 '언제든 상황에 맞게 이동할 수 있는 사람이 되고 싶다'는 마음이 담겨 있기도 하다. 나를 옭아매는 것, 내 어깨를 무겁게 하고 발목을 잡을 수 있는 것을 경계한다. 가진 짐이 여행 가방 하나인 사람은 언제든 가방 하나 들고 홀연히 떠날 수 있다.

내 현실도 내 마음도 언제 어떻게 변할지 모르는데, 무거운 짐에 묶이는 건 곤란하다. 텅 빈 집이라도 좋으니 가뿐하게 살고 싶다. 언제 떠날지 모르는 사람처럼 홀가분하게.

맨손 체조하듯 산다

난생 처음 중고거래

안 쓸 거지만 못 버리는 물건 베스트

 한번 빨았더니
목이 늘어난 티셔츠.
집에서라도 입을까
싶어 가지고 있지만
집에서도 입는 옷만
입게 된다는 것!

 먼지 잔뜩 묻어서
끈적끈적하지만
잘 나오는 볼펜.
(+잉크 반 이상
남음)

 오래된 바셀린, 립밤

 알 수 없는 코드들.
대체 어디 쓰는 건지
알 수 없지만, 중요한
부품일까봐 못 버림..

 ←자매들으로,
스마트폰 사면
열려오는 것들도 있음.

 애매한 길이의
예쁜 리본...

화장품 샘플.
써야지 써야지 하다가
까 먹고 못 쓰고는 시간이 너무
많이 지나버린 느낌...

 옛날에
별 의미 없이
만든 무언가.
애착이 있는
것도 없는 것도 아냐

난생처음 중고거래

나에게는 판도라의 상자가 있다. 상자 안에는 보고 싶지 않은 물건들이 가득하다. 선물 받고서 한 번도 사용한 적 없는 토이 카메라, 먼지가 뒤덮인 화장품 샘플, 정말 쓰고 싶지 않은 펜, 어떤 전자제품에 동봉되어 있었던 걸로 추정되는 코드와 부품 같은 것으로 가득 차 있다. 미처 버리지 못해 눈에 띄지 않는 곳에 박아 둔 물건들이다. 이 상자를 두고 이러지도 저러지도 못하니 마음이 답답해 한숨이 나온다. 떼어 내지 못한 과거의 업보같기도 하고 짊어져야 할 짐 같기도 하다. 나는 판도라의 책장도, 판도라의 화분도 가지고 있다.

이제는 도통 어떻게 버려야 하는 건지도 모를 물건들을 보고 한숨을 쉬다가 결단을 내렸다. 어떻게든 내 집에서 이 물건들을 내보내야겠다고 말이다. 그날 처음으로 중고거래 사이트에 글을 올렸다. 적어도 1년은 책장에 처박혀 있던 강아지 피규어를 꺼냈다. 후후 불었더니 먼지가 날렸다. 과연 누가 이걸 원할까 싶었지만 환한 조명아래서 사진 두어 장을 찍었다. 버리는 것도 일이니까 누구라도 가져가 주었으면 싶었다. 나는 '무료 나눔'을 체크해 사이트에 올렸다.

그다음 거래 물건인 화분의 사진을 찍으려는 찰나 올린지 불과 30초 만에 메시지가 3개나 왔다. "지금 가지러 갈게요."라고 처음 연락하신 분께 얼른 오시라고 답장을 보냈다. 그분은 5분도 채 안 돼서 한달음에 달려 오셨다. 가벼운 옷차림을 보니 집에 계시다 급하게 나온 기색이 역력했다. 내 손에 들린 강아지 피규어를 보고는 너무나 밝게 웃으시는 바람에, 순간 내가 되게 좋은 사람이 된 기분이 들었다. 그분은 내 손에 젤리 한 봉지를 쥐어 주며 연신 고맙다고 인사하더니 강아지 피규어를 품에 안고 돌아갔다.

자리만 차지하던 강아지 피규어의 대가로 받은 젤리를 집어 먹었다. 젤리 봉지를 비웠을 때쯤 사진 두 장과 함께 메시지가 왔다.

"상태도 좋고 너무 귀여워요! 감사합니다!"

한 장은 나눔 받자마자 품에 안고 찍은 사진이었고, 또 한 장은 선반에 피규어를 올린 뒤 찍은 사진이었다. 강아지 피규어는 다른 알록달록한 피규어들 사이에 놓여 있었다. 이렇게 귀여웠나? 1년 넘게 우리 집 책장 구석에 틀어박혀 있던 그 물건이 정말 맞나? 약간 탐이 나려 했다. 나의 물욕이란 이렇게나 쉽다. 하지만 강아지 피규어가

내뿜는 사랑스러운 분위기는 내 손에선 절대 나오지 않을 것임을 안다. 1년이 넘는 시간이 그 사실을 증명한다.

물건의 가치는 물건 그 자체가 아닌, 쓰임에 달려 있는 것 같다. 누가 얼마만큼 애정을 쏟느냐, 어떻게 사용하느냐에 따라 완전히 다른 가치를 지니게 된다. 먼지 쌓인 애물단지가 귀여운 전시품이 된 것처럼 말이다. 꾸역꾸역 가지고 있지 않고, 쓰레기봉투에 아무렇게나 쑤셔 박지 않고 내놓기를 잘했다. 귀여운 게 취향인 분의 손에 들어가서 참 다행이었다. 그분에게는 '귀여운 걸 얻은 하루'를 선물했고, 강아지 피규어에게는 햇빛 받으며 살아 볼 두 번째 기회를 주었다. 나는 판도라의 책장에서 짐을 하나 비웠다. 단 몇 분 만에 세상에 효용이 조금 커졌다.

나는 그날 밤 방 곳곳을 돌아다니며 10개의 '쓸모없는 물건'을 사이트에 올렸다. 아홉은 순식간에 나를 떠나 의미를 찾았다. 나는 그간 얼마나 많은 물건들을 '소유'로 가두어 두었던 걸까. 아무튼 새 주인을 찾아주는 건 순전히 기쁜 일이었다. 계속해서 물건들에게 제자리를 찾아줄 것이다. 내 옆에 있을 때 가장 빛날 수 있는 물건들만 내 곁에 남기고 싶다. 다들 가서 사랑받고 지내렴.

맨손 체조하듯 산다

내가 사랑한 노트

김토끼
노트 판별사

줄노트 보다는 자유도가 높고
무지노트보다는 어느정도 가이드가 있는
모눈 노트를 선호한다.
다만 모눈 색깔이 진하면 탈락!

 가름끈 있으면 +5점
정도 ...?

스프링보다는 실제본, 떡제본을
좋아한다. 스프링이 있으면 간혹
페이지를 찢게 되는데, 그런
가능성은 노트를 덜 소중하게 만든다.

하드커버면 좋지만
그래서 무겁다면
탈락...!!!!!
어디든 언제든
지닐 것은 반드시
가벼워야 한다.

 180° 쫙~
펴져야 한다.
이건 나머지 조건들과 달리
타협이 안 되는 부분이다.
왼쪽도 오른쪽도 편하게 쓸
수 있어야 하기 때문이다.

 이런 식으로
완전히 꺾을 수
있으면 더 좋음.

내가 사랑한 노트

'세상에 나만큼 너를 사랑해 줄 사람은 없어!'라고 확신할 수 있는 물건이 있으니 바로 노트다. 예쁜 노트를 보면 사족을 못 쓴다. 어릴 때 쓰던 알림장이나 용돈 기입장부터 커다란 스케치북까지, 셀 수 없을 만큼 많은 노트를 고르고 구입하고 사용했다. 그런데도 여전히 노트를 사는 건 아주 확실한 행복이고, 새로 산 노트는 반드시 손 씻고 만져야 하는 귀한 물건이다.

어려서는 노트 필기를 좋아하는 학생이었고, 지금은 기록을 남기는 게 일이자 습관인 사람이다. 노트를 채우는 느낌 그 자체가 너무 좋다. 딱히 쓸 게 없는데도 일단 펼쳐 놓고 끄적이는 경우도 많다. 그러다 보면 쓰고 싶은 글이 떠올라서 한참 동안 노트를 채운다. 노트의 빈 종이는 나를 행동하게끔 한다. 생각하고, 적고, 정리하게 한다. 내가 글을 쓰는 사람이 된 이유 중에 '지독한 노트 사랑'을 빼놓을 수는 없을 것이다.

나는 앉은 자리에서 제일 잘 보이는 책꽂이 명당 두 칸을 전부 노트로 채웠다. 한 칸에는 다 쓴 노트가 두 겹으로 꽂혀 있고, 다른 한 칸에는 미처 사용하지 못한 노트들이 잔뜩 쌓여 차례를 기다리고 있다. 물건을 버리지 못하고 모아 두는 일종의 강박 장애를 겪는 사람을 두고 '호더'라 한다는데 나는 둘째가라면 서러운 노트 호더다.

그렇다고 '아무' 노트나 사 모으냐 하면 그건 절대 아니다. 한 권에 몇만 원씩 하는 고급 노트를 큰맘 먹고 샀다가 낭패를 본 것도 여러 차례. 예쁘고 매력적인 노트라고 해서 무턱대고 사지 않는다. 다양한 종류의 노트를 만나고 써 본 결과, 노트와 죽이 맞아야 만족스럽게 쓸 수 있다는 걸 알게 되었기 때문이다.

'잘 맞는 노트'란 단순히 '사용하기 편리하고 오랫동안 질리지 않는 노트' 정도에 머물지 않는다. 약간 미신적인 믿음인지도 모르지만 어떤 노트는 펴기만 해도 글이 술술 써진다. 그런 노트 앞에서는 아주 솔직해지고, 진지해지고, 새로워지고, 깊어진다. 내가 처음 만난 '운명적인 노트'는 자그마한 초록색 노트였다. 하늘색 모눈이 있는 종이는 아기 피부처럼 부드러웠다. 표지가 두껍고 힘 있는 하드보드지라 대충 손으로 받쳐도, 폭신한 침대에 엎드려서도, 언제든 편하게 쓸 수 있었다. 이 노트 한 권과 보낸 한 달이 너무나 신비로웠던 나머지, 다 쓰기도 전에 10권을 추가로 쟁여 두었다.

좋아하는 것에는 사소한 디테일까지 관심을 가지게 된다. 초록색 노트의 여러 가지 성격은 마치 이상형처럼 머릿속에 머물러 있다. 실로 된 제본, 자잘한 하늘색 모눈, 하드 커버, 얇고 부드러운 종이, 손에 쏙 들어오는 휴대성 등은 내가 노트를 고를 때 꼭 보는 조건이 되었다. 쓰임새에 따라 조건이 조금씩 달라지긴 하지만 엄격한 심사를 통과한 노트들만 구매한다. 아주 작은 차이들이 '그냥 노트'와 '운명적인 노트'를 가르기 때문이다.

까다롭게 고르고 고른 노트들이 지금 바로 내 옆의 책장에 쌓여 있다. 마치 1년 치 비상식량을 쌓아 둔 사람이라도 된 것마냥 마음이 든든하다. 미니멀리스트도 좋고, 비우는 삶도 좋지만, 노트는 포기할 수 없다. 다른 건 몰라도 노트만큼은 사고 싶은 만큼 사는 노트 호더로 살 거다. 나에게는 노트와 나몽이가 전부니까!

좋아하는 물건에 손때와 애정 🖐️ ♡

💎 집에 불이 난다면, 꼭 챙기고 싶은 보물은?

…

나옹이
안고 나오면 버둥대고
싫어하겠지만
어쩔 수 없다.

안경
내 눈이나
다름없다.

충전기
없으면 너무
초조할 테니..

다이어리 그리고 수첩들
최대한 많이 챙길거다.
2012, 16, 17, 18, 19 다이어리는
특히 열심히 썼으므로 꼭! 챙긴다.

아이패드 & 애플펜슬
내 모든 작업이 있는 곳이다.
앞으로 오래 함께할 작업도구!

편지 담긴 쇼핑백
쇼핑백에
넣길 잘했지.

따라 나오는 것들
필통
에어팟
상비약
카드지갑

백팩
굳이 안 챙겨도 되지만
여기 담아 나올 듯

좋아하는 물건에 손때와 애정

나는 매일같이 공포를 안고 살아서 '갑자기 지진이 난다면?' '집에 불이 난다면?' 하는 상상을 자주 한다. 상상대피를 하도 많이 해서 이제 거의 기계적이라고 할 수 있다. 머릿속에서 나는 고양이 나몽이를 어떻게든 케이지에 쑤셔 넣는다. 그러고도 틈이 난다면 커다란 백팩에 소중한 물건 몇 가지를 착착 챙겨 대피한다. 무생물 중에는 노트들을 제일 먼저, 될 수 있는 한 많이 챙긴다.

내가 가진 보물을 10개 꼽으라면 10개가, 20개 꼽으라면 20개 전부 '다 쓴 노트'다. 나는 1년 365일 늘 노트나 다이어리를 지니고 있다. 가지고 있지 않으면 불안해서 다이어리조차 들어가지 않는 작은 가방을 멜 때면 달력 사진이라도 찍어 간다. 스케줄도 무조건 아날로그로 관리하고, 하루에 한두 줄이라도 일기를 쓴다. 덜 쓰는 날은 있어도 안 쓰는 날은 없다. 그렇게 매일 붙어 다닌 노트들이 내 보물이다.

2015년에 쓰던 조그만 수첩들에는 초기 김토끼의 모습이 낱낱이 담겨 있다. 2016년에 쓴 다이어리에는 매일 빼곡히 쓴 일기와 함께 대학 졸업식 사진도 몇 장 꽂혀

펜슨 체조하듯 산다

있다. 친구들과 찍은 스티커 사진이나 데이트할 때 본 영화 티켓도 몇 년 치 일기장에 다 붙어 있다. 매년 달력에는 내가 만난 사람, 방문한 장소, 약속과 일정 등 나의 역사가 고스란히 담겨 있다. 이 모든 기록이 재가 되어 사라진다고 생각하면 눈앞이 캄캄해진다. 죽을 때 들고 가진 못하더라도 죽기 전까지는 내가 보고 만질 수 있었으면 좋겠다.

지난 기록은 세상에서 제일 재미있는 책이다. 지루한 수업을 들으며 필기해 놓은 것조차도 흥미롭다. 너무 낯설어서 필체만 아니었다면 '이건 절대 내가 쓴 게 아니야!'라고 발뺌할 법한 기록들도 있다. 취미처럼 옛날 노트들을 들춰 보기도 하지만 때로는 '글감 사냥'이라는 목표를 갖고 읽기도 한다. 마감이 임박했는데 아무런 아이디어가 없을 때 나는 옛날의 나에게 의존한다. 과거의 내가 뭐라도 신선한 이야기를 던져 놓았길 바라면서 한 페이지 한 페이지 공들여 읽는다.

다 쓰고서도 자꾸 펼쳐 보고 만지니, 커버도 속지도 가름끈도 손때 묻지 않은 곳이 없다. 휘고 벌어지고 귀퉁이가 닳아 있다. 노트에 시간과 애정을 쏟았다는 생생한 증거다. 낡으면 낡을수록 애틋하다. 사용하던 노트를 세워 윗면을 내려다보면 이미 쓴 부분의 종이만 너덜너덜

한 회색으로 변한 걸 누구나 한 번쯤 발견한 적 있을 것이다. 회색은 뿌듯한 색이다. 나는 그 색이 좋아서 노트를 덮을 때마다 괜히 한 번 더 들여다본다.

좋아하는 물건에 오랜 애정과 시간을 쏟으면 보물이 된다. 내가 좋아하는 것들을 더 많이 애정하고 더 오랜 시간을 함께 보내면서 공을 들인다. 그렇게 애틋하고 값진, 나만의 손때 묻은 보물이 하나하나 탄생한다.

공간 길들이기

내가 사는 투룸 구조 ②

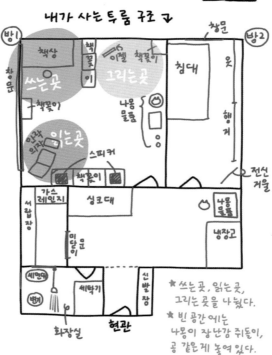

* 쓰는곳, 읽는곳,
  그리는 곳을 나눴다.
* 빈 공간에는
  나뭉이 장난감 쥐돌이,
  공 같은게 놓여 있다.

공간 길들이기

집 계약을 하던 날, 집주인 할머니를 처음 만났다. 90세를 넘긴 할머니는 같은 건물 꼭대기 층에 오랫동안 사시면서 그간 나가고 들어온 세입자들과 함께하셨다.

"우리 건물에는 한번 들어오면 다들 오래 살더라고요. 지금 들어가는 집 옆집도 10년 됐고, 그 아랫집도 6년쯤 됐어요. 지금 들어가는 집도 살기 괜찮을 거예요. 방도 2개라 혼자 살기에 넓고, 이번에 도배도 새로 했어요. 옛날에는 거기서 5명도 거뜬히 살고 그랬어요."

할머니의 말을 듣고 난 후부터 5명이라는 숫자가 머릿속에서 떠나지를 않는다. 방 2개에 아주 작은 거실 겸 주방이 있긴 하지만 5명이 밥도 해 먹고 잠도 자고 씻기도 하면서 살기엔 어려움이 많았을 것 같다.

좁은 곳에서 여럿이 함께 모여 살아야 해서였을까? 오래된 집들은 공간이 여럿으로 쪼개져 있다. 이 집도 마찬가지다. 요즘으로 치자면 분리형 원룸 정도 되는 크기인데 기어이 방 2개로 만들어 놓았고, 싱크대가 있는 주방을 지나 미닫이문을 열고 나가면 가스레인지와 보일러가 놓인 작은 공간이 나온다.

예전에는 5명이서 복닥거리며 지냈을 곳곳을 나는 전혀 다르게 길들이고 있다. 작은방은 침실이자 옷방이고, 큰 방은 작업실이다. 작업실은 책 읽기 공간, 글쓰기 공간, 그림 그리기 공간 그리고 고양이 공간으로 이루어져 있다. 책꽂이로 구획을 분명하게 나누어 놓았다. 여름에는 에어컨 달린 작업실 바닥에 널브러져 자기도 하고, 어떤 무기력한 날은 침실에서 작업하기도 하지만, 기본적으로는 용도에 맞게 사용하려고 노력한다.

공간에는 기운이 스미고, 그 기운은 특정 감정을 만든다. 안락하게 꾸민 공간에서는 몸이 편안해지고, 밝고 또렷한 공간에서는 정신이 뚜렷해진다. 공간을 어떤 용도로, 어떤 기분으로, 어떻게 길들이느냐에 따라 공간의 기운도 달라진다. 읽기용 의자에서 맨날 낮잠을 잔다면, 어느 날부터는 그 의자에 앉자마자 잠이 올 것이다. 역으로 공간이 나를 길들인 셈이다.

잘게 쪼갠 공간이 각각의 목적에 맞는 공간으로 잘 사용될 수 있도록 열심히 길들이는 중이다. 습관이 잘 들고 기운이 알맞게 생기게 된다면 나는 책 읽는 공간에서 책이 가장 잘 읽히고, 글 쓰는 책상에서 글이 제일 잘 써지고, 잠자는 공간에서는 잡념 없이 바로 잠드는 사람이 될 수 있을 것이다. 공간과 나, 우리 서로의 말을 잘 듣기로 해.

불편함을 감수하는 삶을 원해

머리가 복잡할 때 보면 좋은 영화 추천!
임순례 감독님의 〈리틀 포레스트〉 🌿

몽글 몽글

평화롭고 희망 차🌸

배고파지는 건 덤...

주인공이
만들어먹는
배추전이
어찌나 맛나
보이던지...
(먹어본 적도
없는데도!)

· 대략 줄거리 ·

취업, 시험 준비 등이 뜻대로 되지 않자
주인공은 고향에 내려온다. 그리고 직접
기른 농작물로 음식을 만들어 먹으며
단순하지만 탄탄한 일상을 가꿔나간다.

 한 치 거짓 없이
그날 그날의 생활에
임하는 모습을 보면
마음이 편해진다.

밤절임도
무슨 맛인지
모르는데 너무나
맛있을 것 같음..

"그렇게 바쁘게 산다고
문제가 해결이 돼?"

불편함을 감수하는 삶을 원해

어느 정도 자급자족하며 살고 싶다. 집 앞 텃밭에서 깻잎과 토마토를 따 먹고, 필요한 물건을 직접 만들어 쓰는 것. 그러니까 생활 그 자체에 한껏 녹아들어 사는 것.《월든》에서나 가능한 얘기 아니냐고 할 수도 있겠지만 21세기에도 아주 실현 불가능하다고 생각하지는 않는다.

이런 야심 찬 꿈을 비웃는 건 친구도 가족도 아닌, 비비고 된장찌개다. 이 제품을 처음 먹어 본 것은 캐나다에서 생활할 때였다. 한인 마트에서 된장찌개 재료를 모두 구할 수 있지만 그날은 '사 먹는 맛'이 유난히 그리웠다. 그렇게 선택하게 된 비비고 된장찌개. 기대한 것보다 맛있고, 기가 막히게 간편했다. 봉지를 뜯어서 내용물을 끓이기만 하면 보글보글 된장찌개가 완성되는, 라면보다도 쉬운 한 끼다.

그때의 나도, 지금의 나도 된장찌개를 끓일 줄 안다. 하지만 아는 것과 실제로 하는 것은 엄연히 다르다. 간편한 비비고 된장찌개를 앞에 두고 번거롭게 두부와 호박을 썰고 된장을 물에 풀 필요가 있을까. 비비고 된장찌개 포장을 찢기만 하면 되는데.

간편함에 익숙해질수록 점점 의존하게 된다. 이대로라면 '비비고 된장찌개를 사거나, 음식점에 가야만이 된장찌개를 먹을 수 있는' 날이 조만간 도래할 지도 모른다. 두어 세대, 아니 어쩌면 한 세대만 더 지나도 된장찌개나 순두부찌개 같은 걸 만들 줄 알기는커녕 사 먹지 않으면 맛볼 수 없는 음식이 될 것 같다.

김치처럼 말이다. 김치는 벌써 비비고, 종갓집 같은 회사의 전유물이 되었다. 김치를 직접 담가 먹는 사람이 우리 세대에는 과연 몇 명이나 되려나. 매일 먹는데도 직접 만들어 먹을 엄두는 안 난다. 제대로 알아본 적은 없지만 아주 복잡하고 허리 아픈 과정을 거쳐야 만들 수 있다는 인상이다.

어느 틈에 내가 할 줄 아는 것들을 하나둘 빼앗길까 봐 무섭다. 나는 언제든 지수 표 된장찌개를 맛있게 끓여 먹으면서 살 수 있는 사람이고 싶은데.

밥때마다 여기저기서 들려오는 채소 다듬는 소리, 도마에 칼 부딪히는 소리들이 무의미해진다고 생각하면 서글프다. 간을 보며 간장이니 소금이니 하는 양념을 더하는 과정, 때로는 뜻밖의 실수가 오히려 더 나은 맛을 가져오기도 하는 돌발 변수 같은 것들이 더는 의미가 없다면? 그건 너무 슬프다.

삶에 필수적인 것들은 내 손으로도 해낼 줄 아는 사람이 되고 싶다. 자본주의에 잡아먹히지 않고, 나에게 자꾸 손을 내미는 다정하고도 섬뜩한 간편함의 손을 뿌리치고, 나만의 맛있는 된장찌개를 끓이며 살고 싶다.

동거묘의 따뜻한 속박 응°

나몽이는 길에서
처음 만났을 때부터
부르면 오고,
눈 마주 치면 그르렁거리면서
발라당 뒤집는 애교냥이였다.

전매특허 포즈

♥ 미야아아 오오오오~ ♥

아기 때부터 교감한 게 아니라
어느정도 한계가 있겠지...
너의 어릴 적을 모르는 건 아쉽지만
이대로여도 괜찮아! 만족해!

그래도 초반에는
· 절대 무릎에 안 앉음
· 이불 안에 안 들어옴
→ 이런 거리감이 있었다.

데면

데면

그렇게 1년, 2년...

어느날 갑자기 내 무릎에
올라와 시간을 보내더니
몇 년 뒤엔 아예 무릎을
요구하기 시작했다.
(툭툭 치며 자리를 요구함)

함께한 지 5년, 처음으로
이불 안으로까지 들어 오셨다...!!!

몇 년에 걸쳐 차츰
서로를 믿게 된 우리. 기대도 안한 보상♥

맨손 체조하듯 산다

동거묘의 따뜻한 속박

고양이 나몽이의 집사 노릇을 한 지도 어언 6년이 되었다. 혼자 산 지 1년 반쯤 되었을 때 우연히 길에서 고양이를 만난 것을 계기로 우리는 함께 살게 되었다. 서로를 곤란하게 할 때도 있지만 하나밖에 없는 룸메이트로서 지금껏 잘 지내고 있다.

집에 나 말고 다른 생명체가 산다는 건 어마어마한 일이다. 실은 혼자 살기 시작하면서 가장 힘들었던 건 끼니를 때우는 것도, 청소나 빨래를 스스로 하는 것도 아니었다. 바로 빈방 문을 여는 것이었다. 그때마다 이유 없이 울적해지곤 했다. 하지만 동거 고양이가 생긴 뒤로는 적막을 느낄 새가 없다. 나몽이가 기지개를 펴며 마중을 나온다. 귀가가 늦은 날이면 졸졸 따라다니며 격하게 잔소리를 하기도 한다. 나몽이 덕에 빈방 문을 열 일이 없어졌다.

한편으로는 어둡고 조용한 방에 혼자 있을 나몽이를 생각하면 마음이 아프다. 내가 현관문을 열고 나가면 방이 한참 동안이나 비어 있게 된다는 걸, 자다 일어나서 얼굴을 비빌 상대가 없어진다는 걸 나몽이는 아마 알고 있을 것이다. 나한테 현관문은 더 이상 슬픔이나 적막을 의미하지 않는데, 어쩌면 나몽이에게는 외로움을 의미할 수도 있을 것 같다. 프리랜서가 되어 확실하게 좋은 점은 나몽이와 보낼 수 있는 시간을 얼마든지 낼 수 있다는 것이다.

고양이와 함께하는 일상은 고양이가 없는 일상과 완전히 다르다. 고양이가 밥 달라고 시위하면 자다가도 일어나야 하고, 피곤하거나 아파도 고양이 화장실은 치워야 한다. 내 기분과 상관없이 응석 부리는 고양이를 쓰다듬어 주는 것도 오롯이 집사 몫이다. 밖에 나와 있는 시간이 길어지면 나몽이 생각이 난다. 당일치기가 아닌 여행은 부담스럽고, 간혹 긴 여행이라도 가게 되면 마음이 보통 쓰이는 게 아니다.

고양이 라이프에 맞춰 인테리어도 달라진다. '캣테리어'라고 해야 할까. 뭔가 사고 싶은 게 생기면 먼저 고양이와 공존 가능한 물건인지 고민한다. 고양이가 손톱 정리하기 좋은 재질(보통은 엉성하고 빳빳한 천이나 거친 나무 종류가 그렇다.)은 안 되고, 나몽이의 하얀 털이 잘 보이는 검은색도 안 된다. 유리로 된 장식품을 진열하는 건 상상할 수 없다. 아무리 높고 좁은 곳일지라도 기어이 올라가서 물건을 떨어뜨리고 말 것이다.

고양이는 사실 분명한 속박이다. 할 수 없는 것의 목록이 길어진다. 하지만 매일 밤 자기 머리를 내 손에 들이미는 나뭉이의 체온은 너무나 따뜻하다. 나라는 별것 없는 사람한테 전적으로 기대는 이 생명체는 내가 할 수 있는 게 많은 사람이라는 걸 매일매일 느끼게 한다. 이 달콤한 속박을 도무지 사랑하지 않을 도리가 없다.

적극적으로 게으를 것

적극적으로 게으를 것

개미는 여름 내내 성실하게 일한 덕에 추운 겨울에도 잘 먹고 잘살았고, 탱자탱자 놀던 베짱이는 결국 먹을 것도 입을 것도 없이 죽어 갔더랬다. 그러니까 얼어 죽지 않으려면 개미처럼 성실하게 일해야 한다. 노래 부르며 놀 생각 말고.

개미와 베짱이 이야기의 이 자명한 교훈을 나는 믿지 않는다. 이야기는 버전마다 약간씩 다르게 마무리된다. 베짱이는 그대로 얼어 죽기도 하고, 개미의 자비로 겨울을 간신히 버티기도 한다.

이야기는 거기서 끝나지만 그들의 삶은 거기서 끝나지 않는다. 베짱이는 베짱이처럼 살다가 죽을 것이다. 개미는 남은 생 동안 한참을 더 성실하게 일하다 결국에는 힘이 다하는 날을 맞이할 것이다. 성실함이 개미에게 영생 같은 걸 가져다줄 수는 없다. 놀다 죽은 베짱이와 열심히 일하다 죽은 개미의 삶. 나는 어느 쪽이 나은지 모르겠다.

어차피 모두 죽으면 다 똑같으니 인생은 그저 허무할 뿐이라든가, 그때그때 쾌락을 추구하며 사는 게 최고라는 말을 하려는 건 아니다. 그런 건 내게 너무 어렵고도 먼 문제다. 인생이 제아무리 허무한 것인들 나는 아침에 샤워를 하고 그러다 새 수건이 동나면 세탁기를 돌려야 한다. 세탁기에서 갓 나온 빳빳한 옷을 팡팡 털어 건조대에 널면 손은 시리지만 온 방에 깨끗한 향기가 퍼질 것이다. 당장 손에 잡히는 건 허무니 쾌락이니 하는 게 아니라 방 한쪽 구석에 쌓여 가는 세탁물이다.

일상의 많은 부분은 사소하고 반복적인 일로 채워질 것이고, 의미 있고 특별한 일은 아주 가끔 주어질 것이다. 삶은 일정량의 성실성을 기반으로 하고 있다. 매일 눈을 뜨고 일어나 살아간다는 것 자체가 얼마나 많은 성실함을 필요로 하는 일인가. 하루하루 끼니를 챙겨 먹고, 세수하고, 잠이 들고 다시 일어난다. 세상에, 매일이라니! 우리는 모두 개미처럼 살 운명인지도 모른다.

별수 없이 개미처럼 살아갈 수밖에 없을지라도 나는 베짱이로 살고 싶다. 원하든 원하지 않든 다음주에는 깨끗한 수건이 또다시 동나고 말겠지만, 그래도 그때까지는 노래도 부르고 맛있는 것도 먹으면서 여유를 부리고 싶다. 여유는 누릴 줄 아는 사람의 전유물이다. 적극적으로 게으름을 피우고, 적극적으로 노래를 부르고, 적극적으로 놀지 않으면 누구도 내 손에 여유를 쥐어 주지 않는다.

해야만 하는 반복적인 일들의 굴레를 죽을 때까지 벗어날 수 없을 것이다. 하지만 언제라도 베짱이가 되어 드러누울 마음의 준비가 되어 있다. 이 글의 마지막 온점을 찍는 대로 나는 진짜로 드러누울 거다. 여유는 베짱이의 몫이다.

손과 몸을 쓰는 일이 주는 확실함

나는 요새 너무 바빠.

매일 할일 목록은
도무지 끝이 없고

오늘 할일
☐ 쓰기
☐ 그리기
☐ SNS에
　 올리기
　　⋮

세상에서 제일 중요한 일인 것처럼 느껴져.

더 잘해야 해..

그러다 보면 하루 끝에
나는 녹초가 되어 있어.

하지만 난 알고 있어.

세상에서 제일 중요한 건
너와 맛있는 걸 먹는 지금이란 걸!

손과 몸을 쓰는 일이 주는 확실함

하루 동안 해야 할 일이 원고 쓰기와 그림 그리기밖에 없을 때, 내가 꿈을 살고 있다고 느낀다. 종일 빈 종이를 펼쳐 둔 채 책을 읽고 노트북과 아이패드의 하얀 화면을 번갈아 응시하며 뭔가를 적거나 그려 넣는다.

그림을 그리고 글을 쓰는 건 지금껏 해 본 일 가운데 정신을 가장 충만하게 만든다. 빈 종이를 채우는 게 얼마나 치유되는지 몸이 알고 있다. 들뜰 때건 권태로울 때건 설렐 때건 괴로울 때건 종이와 펜이 놓인 책상 앞에 나도 모르게 흘러 들어가 앉는다. 한두 문장을 적으면 딱 그 문장만큼, 한두 문단을 적은 날은 딱 그 문단만큼 마음이 안정된다. 이 글자들을 적고 있는 이 순간도 나에게는 명상이자 기도다. 이만큼 몰입할 수 있는 일도, 잘하고 싶은 욕심이 생기는 일도 찾기 어려울 것 같다.

그런데도 공허한 마음이 들 때가 있다. 한참 동안 시간과 정성을 쏟은 무언가가 정작 손에 잡히지 않을 때가 그렇다. 그림은 주로 아이패드로, 글은 주로 노트북으로 작업한다. 작업 파일은 그 안 어딘가에 있을 뿐 손으로 들고 만질 수 없다. 부피도 없고 촉감도 없고 냄새도 없다. 하루치 작업을 마치고 노트북을 덮었다가도, 뭔가 했다는 걸 두 눈으로 확인하려고 다시 펼칠 때도 있다. 집필 작업을 할 때는 꼭 인쇄를 하는데 프린터에서 갓 나온 따뜻한 A4 용지는 마음 깊숙한 곳까지 온도를 전한다.

그보다도 더 확실하게 손에 잡히는 일과 성취가 필요할 때는 아무 생각 없이 자리에서 일어나 설거지를 하고 빨래를 한다. 주방세제를 꾹꾹 짜서 거품을 만들고 그릇을 뜨거운 물에 씻어 내는 건 글자를 타이핑하고 딱딱한 액정에 플라스틱 펜슬을 이리저리 움직이는 것보다 '손에 잡히는' 명확한 일이다. 그릇 하나를 씻으면 개수대에 그릇 하나만큼의 자리가 생긴다.

생활에서 괴리된 사람이 되지 않겠다고 다짐한다. 글 쓰고 그림 그리는 기능인이 아닌 '사람'으로서, 매일매일의 생활에 내 손과 발을 담그고 살고 싶다. 직접 음식을 만들어 먹고, 빨래와 청소를 하고, 서걱거리는 이불을 덮고 자는 일 즉, '진짜 생활'은 내 하루의 단단한 밑거름이다. 또렷하게 손에 잡히는, 먹고사는 일이 내가 사랑하는 업을 건강하게 할 수 있도록 지켜 준다고 믿는다.

단순 반복이 나를 구할거야

↖ 인스타그램에 이 토끼를 그려 올린 지도
어느새 5년. 간단한 그림이라도 꾸준히
업로드하는 게 쉽지는 않다.

한 번씩 슬럼프도 찾아온다.
때로는 길게.

뭘 떠올려도 식상하고
주변 모든 일이 재미없고...
요새 내 포스팅들
반응도 그저그래..

나는
여기까진가봐

반응을 신경쓰지
않으려 노력하지만
포스팅 올렸는데
팔로워가 오히려 떨어질
때의 기분은 ... 별로다.

❤ 3

그럴 때면 솔직히
그릴 맛 안 나지만...
그런 기분에서 벗어나는
방법은 하나 뿐이다.

그리고 그린다. ✦

"누군가의 반응에 상관없이,
내 기분이나 상태와도 관계없이
나는 매일매일 그릴 것이며,
오늘은 그 매일 중 하루에 불과하다."
는 사실을 일깨우는 것이다.

눈물 쏙-

단순 반복이 나를 구할 거야

내가 단순 노동에 묘한 쾌감을 느낀다는 건 익히 알고 있었다. 어려서부터 취미는 뜨개질이나 종이별 접기였고, 팔레트에 물감 짜기는 물론 72색 색연필 세트를 꺼내서 하나하나 깎는 것도 좋아했다. 최근에는 캐릭터 굿즈를 만들어 팔았는데, 종이 상자를 접고 봉투에 굿즈를 넣어 포장하는 일련의 과정이 오롯이 내 몫이었다. 나는 게으르지만 일단 시작하면 손이 빠르고 '10개만 더! 하나만 더!' 하는 오기도 있는 편이다. 음악을 들으며 종이 상자를 10초에 하나씩 접었다.

단순한 과업을 반복하면 어느 순간 잡념은 사라지고 몸만 움직이는 상태가 된다. 보통 손발보다 머리가 바쁠 때가 더 많은데, 단순 노동을 할 때는 반대다. 손발이 바쁘고 머리는 쉰다. 복잡하고 시끄러웠던 머릿속은 언제 그랬냐는 듯 스르르 잠잠해진다. 시간은 그 어느 때보다도 밀도 있게 흘러간다. 단순한 일에 불과할지라도 해야 하는 일을 쉬지 않고 하기 때문이다. 정직하게 손발을 움직이는 것만으로 시간을 꽉 채우고 성취감까지 느낄 수 있기 때문에, 나는 때때로 단순 노동을 반긴다. 어느새 수북이 쌓인 결과물을 보고 느끼는 희열은 덤이다.

어느 날 나는 여느 때와 마찬가지로 아이패드로 그림 작업을 하다가 지금껏 저장한 파일들을 쭉 보았는데, 스크롤을 한참이나 내려야 겨우 끝이 보일 만큼 그림들이 많이 쌓여 있음을 알게 되었다. 대체 무슨 생각으로 아이패드를 붙들고 그렇게 많은 시간과 공을 들였을까 싶어서 살짝 무섭기까지 하려던 찰나, 그 파일들이 탑처럼 쌓인 종이 상자들과 다를 게 없다는 생각이 들었다.

물론 그림을 그릴 땐 손발뿐 아니라 머리도 쓰지만, 그림 그리는 행위를 매일 반복할 때에는 별다른 생각이 개입되지 않는다. '내 그림 실력이 늘고 있을까?' '이 그림은 돈이 될까?' '이 시간에 다른 걸 하는 게 더 생산적인 걸까?' 같은 생각을 했더라면 그렇게 많은 그림 파일이 만들어지지 않았을 것이다. 상자 하나를 접고 자연스럽게 다음 상자를 집어 드는 것처럼 그림을 그리고 그다음 날에도 그림을 그렸다.

그냥 그렇게, 복잡한 계산이나 생각 없이 내가 하는 일을 반복하는 게 어쩌면 이 세상에 존재하는 모든 생산성의 기본인지도 모르겠다. 손발을 바삐 움직이며 반복하자. 단순 반복은 별 의미 없어 보이는 행위들을 쌓고 쌓아서 탑도 만들고 산도 만들고 책도 만들어 줄 테니까.

고양이처럼

고양이처럼

나몽이는 종일 잔다. 아무 데서나 아무 때나 아무렇게 나 자는 것처럼 보이지만, 사실은 자신만의 제법 잘 짜 인 루틴이 있다. 아침잠은 의자에서, 낮잠은 백팩 안에 서, 저녁잠은 옷 더미 위에서, 밤잠은 집사 옆에서.

시계도 볼 줄 모르면서 잘 시간이 되면 기가 막히게 알 고는 내가 가는 곳마다 따라다니면서 눈을 동그랗게 뜨 고 마구 소리를 지른다. 그게 무슨 뜻인지 너무도 잘 안 다. 어서 불 끄고 누우라는 이야기다. 집사가 누워야 '집 사 옆에서 자기' 루틴이 완성되니까. 나몽이는 다 계획이 있다.

그의 루틴은 계절마다 조금씩 달라진다. 한여름에는 방 바닥이나 캣타워 어딘가에서 배를 까고 벌러덩 드러눕 는다. 그러다 날이 추워지면 포근한 곳을 찾아 돌아다니 는데, 내가 가장 기다리는 시기다. 여름 내내 좀처럼 곁 에 와주지 않던 나몽이가 36.5℃ 인간 몸뚱이에 슬슬 관심을 두기 시작하기 때문이다. 내 다리나 팔에 몸을 갖다 대고는 슬그머니 자리를 잡는다. 몹시 추운 날이면 이불 속으로까지 찾아와 내 품에 눕는 날도 있다.

오후 11시. 나몽이가 슬슬 침대 위 깊고 편안한 잠을 원하는 시간이다. 나는 누워야 하고, 내가 누우면 나몽이는 1분 내로 옆에 와서 자리를 잡을 것이다. 나몽이도 알고, 나도 아는 '정해진 루틴'이다. 그렇다면 나몽이 루틴을 실현하기 위해서 내가 나몽이를 안고 침대에 가면 어떻게 되느냐? 그랬다가는 휙 도망가 버릴 게 분명하다. 나몽이는 단 한 방울의 '억지로'도 받아들이지 못하는 친구다.

어차피 갈 침대라도, 제 발로 간 침대가 아니라면 용납하지 않는다. 어차피 누울 거였더라도, 누군가 억지로 눕히는 건 싫어한다. 내가 안아서 침대에 데리고 오면 안간힘을 써서 빠져나간 뒤, 몇 분이 지나고서 제 발로 다시 걸어 들어와 눕는다. '집사 옆, 침대 위에서 잔다'는 결과가 같더라도 그 과정이 자발적이었는지 아닌지가 더 중요한 생명체. 그게 나몽이다.

나몽이의 그런 점은 집사를 종종 애타게 하지만 바로 그 구석이 나와 무척 닮았다. 나는 나몽이가 그렇듯 '권위적이고 강압적인 상황'을 도무지 견디지 못한다. 통제당하고, 억지로 뭔가 해야 하거나 그만두어야 하는 상황. 나는 그럴 때 제 할 말을 똑 부러지게 할 줄 아는 사람이 되지 못한다. 내가 취할 수 있는 행동이란 가만히 숨 쉬다 돌아서는 것뿐이다. 내 품에 억지로 안긴 나몽이가 잽싸게 튀어 나가듯이, 강압 앞에 번번이 냅다 도망치는 사람이 되었다.

권위와 강압으로부터 자유로워지고 싶다. 강압이 이끄는 길과 자유롭게 걸은 길이 설혹 같을지라도 한 걸음 한 걸음 오로지 자발적으로 내디디고 싶다. 제 발로 걸어간 곳에서만 편안함을 느끼는 나몽이처럼.

혼자 사는 건 짠 내 나는 노란 조명

살 맛 나네

큰 방 한쪽 구석에 이런 멋진 공간이 있다.
저 안락 의자는 정말 편한데, 그래서
보통은 나몽이의 낮잠 장소로 쓰인다.
음악 듣기도 유튜브 영상 보기도 책 읽기도
간식 먹기도 좋은 곳이다.

혼자 사는 건 짠 내 나는 노란 조명

인테리어에 공을 들이지 않은 내 투룸은 별 멋이 없다. 멋있는 공간의 필수 조건은 간접 조명이라고 한다. 이케아에서 사 온 값싼 스탠드 하나가 내가 가진 유일한 간접 조명이다. 나는 그 조명을 이 방 저 방(이라고 해봐야 둘 뿐이지만……) 옮겨 가며 사용하고 있다. 스탠드의 단골 자리는 침대 옆 또는 스피커 옆이다. 친오빠가 좋은 스피커 2개를 가져다주었는데, 세로로 길게 놓은 6단 책장 위에 올려 놓으니 벽 하나가 꽤 멋있게 채워졌다. 노란 조명 아래서 보면 정말 근사하다. 이렇게 완성된 스피커 존은 투룸에서 가장 멋있는 공간이다. 나는 분위기 있는 음악을 틀어 놓고 스피커 한 쪽 귀퉁이가 나오는 영상을 찍어 SNS에 올리곤 했다.

그 영상을 본 친구 D는 집이 너무 멋지다며 자기를 초대해 달라고 했다. '네가 본 게 다야……'라고 말하고 싶었지만 집까지 와 주겠다는 정성이 고마워서 며칠 뒤 D를 초대했다. 늘 가족과 함께 살아 온 D는 독립해 혼자 사는 것에 환상을 가지고 있었다. 파스텔 초록색 페인트를 사서 DIY로 벽지를 꾸미거나 친구들과 홈 파티 하는 걸 꿈꾸는 듯했다. 내 투룸, 나의 독립생활은 그런 빛나는 싱글 라이프와는 거리가 멀었지만, D에게 실망을 안겨 주고 싶지 않았다. 예쁜 간식과 근사한 음악 플레이리스트를 준비했다. 곳곳에 방향제를 뿌렸다. 침대 옆에 있던 스탠드를 스피커 옆으로 옮겨 켜 놓고, 멋 없는 형광등은 잠시 껐다. D는 집을 둘러보더니 "아, 여기구나?" 하고 내 영상에 자주 등장하는 스피커 존을 콕 짚어 냈다.

D는 혼자 사는 게 '진짜로' 어떤 거냐고 물었다. 집에서 나오고 싶어 한 지도 수년째. 20대 후반이 된 D는 이번에는 실제로 부동산도 몇 번 찾아가면서 진지하게 고민하고 있었다. 그야말로 마지막 결심이 필요한 것 같았다. 부동산에서 일깨워 준 '현실'은 생각만큼 녹록치 않았고, 혼자 사는 데 드는 기본 고정비용이 손에 잡히는 '숫자'로 다가오자 D는 결정을 앞두고 주춤했다. 반쯤은 "그냥 최대한 집에 붙어살아."라는 말을 듣고 싶어 했던 것 같기도 하다.

한 번 집을 나와 살면 다시 본가에 들어가기 어렵고, 경제적으로 한 번 독립하면 다시 부모님께 손을 내밀기 쉽지 않다. 오죽하면 집에서 나오기 전에 부모님이 지원해 주는 돈으로 충치 치료를 싹 하고, 라식도 하라는 말이 있을까. 집 나오면 숨만 쉬어도 돈이고, 돈은 벌기는 힘들고 쓰기는 쉽다. 나는 별생각 없이 냅다 뛰쳐나온 편

팬숍 체조하듯 산다

에 속하지만, 수년째 이어지는 D의 신중함을 이해한다.

그간 자라오며 겪어 본 적 없는 불안과 쪼들림을 독립 후에 느꼈노라고 솔직히 털어놓았다. 부모님과 함께 마트에 가서 먹고 싶은 과자를, 가지고 싶은 문구를 카트에 넣기만 하면 되는 안락했던 삶을 잊어야 한다. 비누나 세탁세제 같은 생필품을 내 돈 주고 살 일이 없었던, 냉장고 문을 열면 먹을 게 가득했던 삶과도 영영 이별이다. 혼자 버는 돈으로 생활을 완전히 해결해야 한다는 심리적 압박이 생활의 기저에 깔려 있다. 사회 초년생은 이래저래 돈이 부족하기도 하지만, 사라지지 않는 압박감이 불안과 쪼들림의 본질이다. 가계부 앱에 하루에도 다섯 번씩 들어가서 지출과 수입을 따져 보고, 큰 지출이 있는 달에는 내내 어딘지 모르게 마음이 불편하다.

혼자 사는 것이 속 편하고 좋기만 한 건 절대 아니다. 하루에 세 번 설거지해도 더러운 그릇은 계속 쌓이고, 빨래한 수건에서는 이유를 알 수 없는 쿰쿰한 냄새가 난다. 짠 내 나고 궁핍할 때가 많지만, 독립에 후회는 없다. 혼자 살면 생활의 모든 부분이 더는 당연하게 흘러가지 않는다. 엄마의 등짝 스매싱으로 마지못해 수동적으로 일어나는 무언가가 아니다. 생활은 내 손으로 직접 해결해야 하는 과제, 혼자 감당해야 하는 마음의 짐, 모든 걸

스스로 해냈다는 성취감 같은 톱니들이 맞물려 돌아가는 적극적인 활동이다. 그 안에서 울고 웃다 보면 어느새 어엿한 독립 생활자가 된다. 독립은 자유로운 통금 시간을, 눈치 볼 필요 없는 오밤중의 야식을, 오로지 내 취향대로 꾸민 집을 가능케 한다. 하지만 독립으로 얻은 가장 소중한 건 생활에 자발적이고 적극적으로 임하는 태도다.

독립한 삶은 내가 이리저리 옮겨 놓는 노란 스탠드 같은 게 아닌가 싶다. 어떤 각도에서 보느냐에 따라 그럴 듯한 삶으로 포장된다. 하지만 실상을 들여다보면 궁색하다. 근사한 조각과 쪼들리는 마음 둘 다 부정할 수 없는 현실 가운데, 나는 노란 스탠드를 이쪽에서 저쪽으로, 저쪽에서 이쪽으로 가지고 다닌다. 때로는 빛나는 1인 1묘 가구, 때로는 세상 짠 내 나는 사회 초년 자취생으로.

나는 누구일까? 👀

당신이 먹은 것이 곧 당신이다.

↳ 나는 단음료, 과일, 칼국수를 좋아하고, 양식은 싫어한다.

'무엇을 구매하는지'가 당신이 어떤 사람인지 보여준다.

↳ 운구 사는거 좋아한다.

지난 주 토요일에 뭘 했는가? 그게 바로당신 인생의 모습이다.

↳ 늦잠 자고 일어나서 느릿느릿 작업했다. 마감 기간이라.

당신은 어디에 가장 오래 머무는가? 물리적인 장소일 수도 온라인 공간일 수도 있는 그곳이 곧 당신이 어떤 사람 인지 알려준다.

↳ 집. 무조건 집... 침대?

나는 여전히 나를 모르겠어...

응 :에

우리 집 베스트 아이템 👍
(= 열심히 일하는 친구들)

학교 의자처럼 생긴 나무의자. 굴곡이 있어서 편하게 앉을 수 있다. 이런 디테일 있는 물건이 좋다.

공기청정기. 이게 의미가 있을까 하는 마음이었는데, 고양이가 화장실 한번 다녀오면 빨간불 켜지고 풀가동 된다. 아주 열심히 일하는 친구...

흑백 레이저 프린터 흑백만 인쇄가능 해서 그런지 사이즈가 아주 작다. 나무를 아끼고 싶지만, 작업물이 종이에 인쇄되어 '손에 쥘 수 있는 것'이 되는 쾌감을 못 포기하겠다.

← 뚜껑
← 천

수납함. 간편하고 군더더기 없어서 좋다.

담요. 거의 애착 담요 수준.

안락 의자. 정말 편하고 낮잠 자기 딱 좋다.

최애템 '노트' 속 살펴보기
~ WHAT'S IN MY NOTEBOOK ~

노트 표지에
스티커 잔뜩
붙이는 편😅

MAY 1 2020
~
MAY 29 2020

첫 페이지에는 꼭
언제부터 언제까지의 기록인지
적어둔다. 시간은 빨르고,
기록없이는 기억도 없다‥‥‥

시스템

☐ 맨 위에 날짜를 적는다.
   MAY 3 2020   이런식으로 알록도 좋!

☐ 일기는 의식의 흐름대로 쓴다.   이렇게→ ♡오늘은 즐거운 날이었다
   내용이 바뀔때마다 ♡로 구분한다.   ♡ 근데 힘들다.

☐ 책 펼사할 때는 ♡ 아닌 🔲 책 모양으로 시작한다.

☐ 그림과 낙서와 아이디어 스케치와
   신세 한탄, 스케줄 정리 등을 모두 노트 하나에 적는다.
   막 쓴다. 노트를 아끼면 똥 되고, 막 쓰면 막 쓸수록
   소중해진다. 얽매일 것 없다.

   아이디어 구상할 때 마구아구
      낙서하는데, 그래서 내 노트엔 이런 토끼 500개씩 있다.

3 부

좋아서 하는 일

잘하는 일이 된다면 더 좋고요

절이 싫으면 나가라고요?

- - - - - - - - - - - - - - - - - - - ✂

장점 (강제로) 규칙적인 생활 하게 해 줌
· 단점일 수도 있음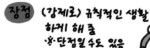

장점 매 달 돈 줌

단점 주어진 일 싫어도 해야 됨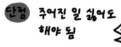

단점 보기 싫은 상사나 동료 매일 봐야 함. 심지어 밥도 같이 먹어야 될 때도...

장점 탕비실 간식 그리고 점심 식대 마음껏 먹을 수 있음

단점? --> 생각보다 많이 못 먹고, 살 찜

단점 '바쁜 시즌'이 회사 상황에 의해 결정됨

쪼랩입니다만

장점 일 그만두면 퇴직금 나옴

야호

회사 다닌 경력 만 2년 채 안 되는
회사 쪼랩이 말하는
조직 생활의 장단점

절이 싫으면 나가라고요?

회사원이 된지 불과 한두 해 만에 내 인생에 입사란 다시는 없다고 다짐했지만, 직장 생활이 늘 괴로웠던 건 아니다. 동료와 상사 그리고 일까지 모두 잘 맞았던 한때는 하마터면 직장 생활을 좋아할 뻔하기도 했다. 회사 주변 동네에도 익숙해져서 단골 맛집도 생기고 다니는 학원도 생겼던 시기였다. 매일 아침 갈 곳이 있고, 또래 직장 동료들과 회삿돈으로 든든한 점심을 챙겨 먹고, 탕비실에 구비되어 있는 간식과 음료를 맘껏 즐겼다. 매달 들어오는 급여에도 금방 적응해 카드값이며 생활비가 한 달 단위로 깔끔하게 돌아갔다. 생활이 안락하고 정돈되어 있었다. 직장에서의 성취와 인정, 승진 같은 것에도 조금씩 욕심이 생기려 했다. 갑자기 상사가 바뀌기 전까지는.

세상에는 내가 노력해서 바꿀 수 있는 일이 있고, 어쩔 수 없는 일이 있다. 사회 초년생 입장에서 갑작스러운 조직 개편은 후자에 가깝다. 어떻게 해 볼 여지가 없는 문제에 대해서는 담대하게 받아들이는 게 최선의 전략이라고 한다. 새로 온 팀장님은 나를 비롯한 우리 팀원, 기존의 팀 문화와 상극인 분이었고 우리는 숱하게 충돌할

예정이었다. 그리고 나는 내가 처한 상황을 전혀 담대하지 못한 태도로 맞이했다. 안타깝게도 '담대함'은 내가 너무나 가지고 싶지만 갖지 못한 능력이었기 때문이다. 인사 통보가 나고 내 직장 생활은 하루아침에 180도 변하고 말았다.

대학생 때부터 알고 지낸 7명의 무리가 있다. 이제는 각자 사회생활을 한 지 3~4년 이상은 되었다. 그중 2명이 아주 강도 높은 직장 내 폭력을 겪었음을 얼마 전 털어놓았다. 상사가 분을 못 이겨 옆에 있던 화분을 깨고 의자를 집어 던졌다고 한다. 명백한 폭력이었다. 그보다 더 충격이었던 것은 당사자를 포함한 무리의 반응이었다. 그 조직에서 잘해 볼 생각이라면 그냥 참고 최대한 조용히 넘기는 게 현명하다는 조언이 오갔다. 가해자가 잘못했더라도 조직 내에서는 피해자까지 함께 구설에 오르고 '분란을 일으킨 사람'이 된다. 그런 인상은 이후 사회생활에 좋을 게 없다는 것이었다.

절이 싫으면 중이 떠나야 하고, 떠나기 싫은 중은 군소리 없이 지내는 게 조직의 암묵적인 통념인가 보다. 조직 생활 중 '내가 어찌할 수 없는 일'은 삶의 질에 현격히 영향을 주었다. 뜻밖의 업무 지시가 내려오고, 새로운 직무에 배치되고, 상사나 동료가 바뀌고, 간혹 근무지가 바뀌기도 한다. 때로는 친구들이 겪은 것처럼 말도 안 되는 폭력에 노출되는 것이 직장인의 슬픈 현주소다. 나는 이런 종류의 불확실하고 부조리한 일을 수년씩 감내할 자신이 없었다. 특히 사수의 폭력이나 동료 간 신경전에 정신이 무의미하게 소모될 때, 아주 효율적이지만 부도덕한 업무를 맡게 되었을 때, 더는 견딜 수 없다고 판단했다.

절반은 내가 눈에 보이는 문제를 문제 삼지 않고 넘어갈 만큼 무던하지 못했던 탓이고, 절반은 '일'이 나에게 단순히 직장 혹은 생계 수단 이상의 의미가 있었기 때문이다. 급여도 중요하지만 일하면서 느끼는 몰입과 유능감, 자아실현과 같은 가치가 나에게 훨씬 본질적이다. 정신과 시간과 젊음을 쏟을 대상인 '나의 일'이 내 권한 밖의 무언가에 의해 흔들리는 상황은 견디기 힘들다. 불합리하거나 곤란한 상황에 부닥쳤을 때 '일단 참는다'가 나의 디폴트 값이었다면 직장 생활을 5년은 더 할 수 있었을 것 같다. 하지만 그때마다 '참느냐 마느냐' '지금 주어진 일이 부조리한 상황을 참을 만큼 해 볼 가치가 있는 일인가'가 먼저 고민이 되었다. 그리고 '참지 않는다'를 선택하는 순간 우리나라 조직 사회에서 내게 준 선택지는 퇴사뿐이었다. 절이 싫으면 중이 떠나랬으니까.

멘솔 체조하듯 산다

그렇게 뛰쳐나왔다. 내 인생에 조직 생활은 다시 없다고 다짐하며 뛰쳐나왔다.

조직 밖에서도 운명은 얄궂다. 여전히 삶 그리고 일에는 '내가 어떻게 할 수 없는 일'이 불쑥불쑥 찾아온다. 조직 밖에서의 일이 조직 안에서 하던 일보다 대단히 재미있고 기쁘고 좋은 건 아니다. 큰 조직이나 다른 사람과 함께 일하는 경우가 많고, 회의와 소통과 인간관계 관리는 한결같이 유효한 과제다. 하지만 적어도 나를 함부로 대하는 사람과 장소를 적절히 피할 수 있게 되었다. 일에 얼마만큼의 도덕성과 진정성을 담을 것인지를 스스로 정하고, 때로는 내가 하고 싶은 일이 경제 논리에 맞지 않고 비효율적이더라도 한번 해 보겠다고 과감히 결단을 내릴 수 있다. 나에게 영향을 미치든 미치지 않든 간에 스스로 결정할 수 있다. 절이 싫어 떠나기를 잘했다.

오랫동안 지치지 않고 프리랜서

Q. 인사 좀 부탁드려요.

안녕하세요.
김토끼 입니다.

Q. 프리랜서로 살고
계시다고요?

예...

Q. 보통 생활은 어떠신가요?

아...그게...

엉망인데요..

난   엌

이만
가볼게요

작업하기
잠기
밥
일기쓰기
취미
술
집안일
청소
침침

후다닥

오랫동안 지치지 않고 프리랜서

지수 표 직장생활은 일과 삶의 균형에 대한 엄격한 실천이었다. 8시 59분 혹은 9시 00분에 출근하고 정시에 후다닥 퇴근했다. 달이면 달마다 찾아오는 회식을 요리조리 잘도 피했고 직장에서 받은 스트레스를 집으로 들이지 않으려 노력했다. 종종 스트레스뿐만 아니라 일까지 덤으로 가져왔지만 직장 문을 나서는 순간 몸과 마음을 한바탕 털어내려 무진 애썼다. 직장동료는 내가 '밸런스를 잘 잡는 사람'이라고 했다.

직장인 시절 나에게 퇴근 후의 삶은 곧 글을 쓰고 그림을 그리는 것이었다. 콘텐츠를 만들어 SNS에 올리는 게 취미이자 도피처 그리고 나의 분명한 삶이었다. 밤 11시에 개인 메일함을 열어 외주 문의에 답장하고 있노라면 출근을 두 번 하는 느낌이 들기도 했지만 직장에서 보내는 8~9시간이 '일'이고 퇴근 후가 '삶'이라는 막연한 공식이 있었다.

프리랜서가 되자마자 아슬아슬하게 잡고 있던 이 균형이 붕괴되었다. 프리랜서는 일도 삶도 제 하기 나름이다. 아무 때나 아무 데서나 일을 할 수도 있고 삶을 누릴 수도 있다. 마음대로 해도 되는 상황이 오자 나의 일상 전체는 '일'도 '삶'도 아닌 애매한 무언가가 되었다.

눈뜨자마자 책상 앞에 앉아서 새벽까지 일을 벌인다. 일할 때는 일에 집중하고, 밥 먹을 때는 밥에 집중하고, 빈둥거릴 때는 빈둥거리기에 집중해야 하는데 이 간단한일이 잘 되지 않는다. 대단히 성실한 것도, 매 순간 일만한 것도 아닌데 자는 시간을 제외하고는 머릿속에 오로지 일밖에 없다. 일하거나, 아이디어를 구상한다고 넋 놓고 앉아 있거나, 아무것도 안 하면서 뭐라도 해야 한다고스스로에게 스트레스를 줬다. 새벽까지 뜬눈으로 보내기도 여러 번이다. 프리랜서의 삶이란 바로 이런 것일까.

밸런스의 기본은 '구분'이다. 밸런스를 잘 잡는 사람이되기 위해서 일의 영역과 삶의 영역을 명확하게 구분할줄 알아야 한다. 하지만 이 구분이 쉽지 않을 때가 많다.책을 읽는 건 일일까 삶일까. 어디에도 공개하지 않을 그림을 그리는 건 일일까 삶일까. 그렇다면 일기를 쓰는건 어떨까. 나는 종종 일기에 쓴 내용을 글감으로 활용하곤 하는데.

이 문제가 완전히 해결되려면 시간이 좀 걸릴 것 같다.지금은 아주 단순하게 시간과 공간으로 일과 삶을 구분

펜솔 체조하듯 산다

하고 있다. 작업 공간에서 하는 건 일, 휴게 공간에서 하는 건 삶. 독서나 일기 쓰기 같은 회색 지대는 일단 남겨두고, 본격적으로 마감이 있는 작업을 할 때는 시간을 잰다. 40분 일하면 20분은 쉰다. 그리고 작업을 마칠 때까지 이를 계속 반복한다.

일과 삶의 균형점을 찾는 것은 프리랜서로 지치지 않고 오랫동안 잘 살 수 있는 길이다. 모든 열정과 시간과 체력을 부어 넣고 화르르 불타버리는 몇 년이 아니라, 하루에 서너 시간씩 꾸준히 일할 수 있는 몇십 년을 꿈꾼다. 그러니까 명심해야 한다. 지속의 비결 첫째는 밸런스, 둘째는 돈, 셋째는 재미!

장점 일하고 싶을 때 일하고
놀고 싶을 때 놀 수 있음

단점 생활 리듬
쉽게 박살남
(새벽 5시까지
넷플릭스 보기..
잃어버린 낮....)

자유다!!

단점 일 없으면 돈도 없음
(직장인들은 일 없으면
좋아하던데......)

누덕

누덕..

장점
일 많으면
많은 만큼
돈 많이 벌
수 있음

장점 하기 싫은 일 거를 수 있음

못하겠
습니다
:)

단점 언제 일 없을지
몰라서, 찬밥
더운밥 못가리는
시즌이 있음

시켜만
주십쇼
ㅠㅠ

장점 인간관계 세상 깔끔...
싫은 사람 안 만나도 되고,
정치질, 아부 이런것에
안 휘말림

단점
하루종일
혼자 있음

좋아서 하는 일

145

자유와 불안 사이

불안하지 않은 생이 어디 있겠냐마는 자유를 한 뼘 늘리기 위해 열 뼘쯤 늘어날지도 모르는 불안을 감수하겠다고 결심한 사람들이 있으니 바로 '프리랜서'다. 직장인은 조직의 이익을 위해 희생해야 할 때가 가끔 있지만 프리랜서는 그러지 않아도 된다. 어떤 일을 하고 어떤 일을 쳐낼지 선택할 수 있다. 하기 싫은 일이 들어오거나 같이 일하고 싶지 않은 사람이 뭔가를 제안하면 깔끔히 거절한다. (업무 제의 메일을 받아 보면 매너나 업무 분위기가 천차만별이다. 나를 곤욕스럽게 할 제안인지 아닌지 파악하는 눈치가 조금씩 생긴다.)

하지만 한 뼘짜리 자유마저 여의치 않을 때도 있다. 무엇이든 다 할 수 있으니 누가 제발 맡겨 줬으면 싶기도 하다. 비단 재정 상태가 나쁠 때뿐만이 아니다. 일하고 있어도 불안하고 돈을 벌고 있어도 불안하다. 아무리 많이 벌어도 해소되지 않는다. 오늘 벌이가 괜찮더라도 내일, 일주일 뒤, 다음 달에 얼마나 벌 수 있을지 장담할 수 없기 때문이다.

친한 프리랜서 작가님과 동네 맛집으로 유명한 우동집

146

에 저녁을 먹으러 갔을 때의 일이다. 종일 화면만 째려보며 작업하고 난 터라 우리 둘 다 정신이 없고 멀미가 났다. 우동집은 늘 그렇듯 손님들로 가득했다. 빈자리가 나기를 기다리면서 이런 얘기를 했다.

"여기 주방에서 평생 면을 삶으면 월 1000만 원 이상 수익이 보장되는 대신 그림은 취미로도 절대 그릴 수 없는 인생. 그리고 지금처럼 그림 그리는 인생. 선택할 수 있다면 작가님은 어느 쪽이 좋겠어요?"

그 말을 듣고는 우동 삶는 나를 떠올려 보았다. 상상 속 나는 주방에서 신나고 재미있게 우동 면을 삶고 있었다.

"지금 가방 속에 있는 아이패드랑 태블릿 다 놓고 가면 되는 거죠? 놓고 갈게요, 저!"

우리는 앞다투어 말했다. 물론 아이패드를 버리고 갑자기 앞치마 두를 일은 없을 테지만 불확실한 미래와 불안한 현실 앞에 꿈은 종종 알량하다. 제아무리 천직이라 하더라도 지속 가능해야 직업으로서의 의미가 있으니까. 작업실을 같이 꾸리기로 했던 일러스트레이터 한 분은 큰 외주 계약이 갑자기 무산되었다면서 돈 드는 일정을 전부 보류하기도 했다. 새내기 프리랜서라는 게 뭐 하나

틀어지면 모든 계획이 휘청거린다.

불안함을 이겨 내기 위해 어떤 프리랜서 번역가는 자기가 하루 동안 처리한 일의 값어치를 따져 본다고 한다. 번역 일의 경우에는 원고지 장당 받는 금액이 사전에 정해져 있는데, 그는 매일 10만 원어치의 일을 하는 걸 목표로 삼았다. 하루에 번 돈, 일한 양을 어느 정도 맞춰 놓고 정해진 만큼만 하면 마음을 놓아도 될 테니까.

내 경우에도 외주나 광고 의뢰 단가를 미리 안다. 하지만 그런 일은 대부분 일회성이다. 굵직굵직한 프로젝트는 돈을 얼마큼 가져올지 뚜껑을 열기 전까지 알 수 없다. 몇 달 동안 시간과 노력을 퍼부은 이 원고가 책이 되었을 때 몇 부 팔릴지 어떻게 알겠는가. 하루 종일 일해도 찜찜한 채로 침대에 들어가기 일쑤다.

그런 밤이면 까만 천장을 보면서 스스로를 달래기 위해 노력한다. 어차피 모든 인생이 연약하고 누구나 불안하다는 걸 곱씹는다. 그저 정도의 차이일 뿐이며 그마저도 착각에 기반한 경우가 대부분이다. 일에도 삶에도 변수는 너무나 많지 않은가. 무언가를 얻는 것도 잃는 것도 순식간이다. 우리는 운명의 여신 앞에 속수무책으로 당할 뿐이고, 누구도 그에게서 벗어나지 못한다. 그냥 사는 게 다 그런 거라고, 남들보다 어쩐지 더 아슬아슬한 것만 같은 나를 다독인다.

일을 한 뒤 찝찝해하고, 그 찝찝함을 해소하기 위해 이런 저런 생각까지 하다 보면 시간이 늦어진다. 새벽 두세 시 는 기본이다. 물론 혼자 사는 프리랜서는 다음 날 일찍 일어날 의무가 없다. 정해진 시간에 정해진 장소에 가지 않아도 된다. 최소한 그만큼의 확실한 자유를 누릴 수 있음에 감사하면서 오늘밤도 스스로 토닥이며 잠을 청 한다.

맨손 체조하듯 산다

그리고 예뻤으면 좋겠는데...

과하지 않고
심플하고...

⇨ 결과물

야호! 나도 이제
명함 있다!!!

요새 뭐해?

한동안 받아 본 적 없는 질문이었다. 나는 나를 잘 알고 있는 친구들만 만났고, 사회에서 일로 만나게 되는 사람들은 이미 내가 어떤 일을 하는지 알고 있었다. 나를 굳이 설명할 필요 없는 안락한 시간을 살았던 것이다. 친구 결혼식장에서 만난 지인이 건넨 질문 하나, 그것도 세상에서 가장 형식적이고 간단한 안부 질문 하나에 말문이 턱 막히기 전까지는.

"요새 뭐해?"

함께 일하는 사람들은 나를 작가라 부르지만, 그건 도무지 내가 먼저 입 밖으로 꺼낼 수 없는 단어 중 하나다. 인플루언서 같은 단어처럼 너무 거창하고 쑥스럽다. 프리랜서라고 막연히 얘기하자니 그것도 마땅치 않았다. 실상 아무 일 안 하는데 멋지게 꾸며 낸 단어처럼 느껴질까 봐 괜한 자격지심이 들었다. 상대방이 나를 백수라고 생각하든 잘나가는 프리랜서라 생각하든 내 인생에 하등 영향을 주지 않지만, 그래도 억울하다. 생각만으로도 자존심이 상하는 걸 보니 나는 여전히 남의 시선으로부터 자유롭지 못한 사람인가 보다.

한참을 멋쩍게 웃다가 우물쭈물 답했다.

"저 요새 글 써요. 그림도……. 프리랜서처럼……. 인스타그램에서……."

얼어붙은 입에서는 고작 단어 몇 개가 튀어나왔다. 문장조차 완성하지 못했다.

"아, 공부해?"

"아뇨. 공부는 아니고, 글을 쓰는데요."

"그래. 알겠어. 하하."

결국 나는 내가 하는 일을 설명하지 못했다. 지인은 괜히 난감한 질문을 했다고 판단했는지 어색한 웃음을 지으며 황급히 대화를 마무리 지었다.

나한테는 적잖이 충격이었다. 며칠, 몇 주가 지나도록 머릿속에서 그 장면이 생생하게 다시 펼쳐졌다. 수도 없이 시나리오를 그려 봤지만 번번이 내가 하는 일을 간결하게 설명하는 데 실패했고, 그때마다 초라해졌다.

평소에 나는 일에 대해서 정말 많이 생각한다. 거의 매일 한 번씩은 '내가 어떤 일을 하는지' 점검하고 '앞으로 뭘 할 건지' 줄줄이 나열하곤 한다. 내가 하고 있는 일과 앞으로 할 일을 정리할 때면 이 험난한 프리랜서의 바다에서 내가 나름대로 생존하고 있다는 느낌이 들기 때문이다. 티끌만 한 마음의 안정을 얻기 위해, 나는 내 일에 대해 자주 생각한다. 그런데도 내가 하는 일을 명쾌하게 설명할 수가 없다.

근사한 호칭 같은 걸 가지고 싶다는 건 아니지만 그래도 그런 궁색한 상황은 또다시 겪고 싶지 않다. 나를 설명할 단어나 문장을 미처 찾지 못한 지금으로서는, 내가 군이 설명하지 않아도 내가 만나게 될 사람들이 내가 무슨 일을 하는 사람인지 알고 있었으면 좋겠다. 그러려면 유명해지거나 잘 모르는 사람들을 피하면 되는데, 일단은 후자로 가는 수밖에 없을 것 같다.

아무튼 그때 그 지인을 다시 만날 일은 아마 없을 것 같다. 나에 대해 다시 설명할 기회도 없다. 머릿속에서 못다 한 구차한 문장들이 맴돌 뿐이다. 옆에 나란히 서서 나눈 이야기, 그때 느꼈던 당황스러운 감정은 이 글을 끝으로 떨쳐 내려 한다.

"요즘 저는 글을 쓰고 그림을 그려요. 인스타그램에 꾸준히 웹툰을 연재하고, 가끔은 외주 그림이나 광고 그림을 그려요. 캐릭터 상품을 만들어 팔기도 하고, 이렇게 책도 냅니다. 저는 즐겁게 잘 지내고 있어요."

콘텐츠의 바다에서 작은 파도를 타는 사람

노희경 작가님
드라마 많이
내주세요...

동동   동동

스누피
사랑해요
찰스 슐츠
존경해요!!!

알랭 드 보통처럼 똑똑하고 싶어요...
마티즈, 세잔 좋아해요..♡

뮤지컬 레미제라블, 지킬 앤 하이드 꼭 보세요!
♡ ♡
♡ 파울로 코엘료 《브리다》, 《알레프》,
《베로니카, 죽기로 결심하다》도
꼭이요... 꼭.... 꼭꼭....

한수희, 임경선 작가님
에서이 좋아해요...♡

맨손 체조하듯 산다

생전에 그림을 단 한 점밖에 팔지 못한
화가 반 고흐가 평생 자신을 지원해주던
동생에게 쓴 편지의 한 구절고 ♥

"누가 뭐라고 해도,
내가 그림을 그린 캔버스가
아무 것도 그리지 않은 캔버스보다
더 가치가 있다.
그 이상을 주장하고 싶지는 않다.
단지 그 사실이 나에게 그림을 그릴
권리를 주며, 내가 그림을 그리는 이유
라는 걸 말하고 싶었다.
그래, 나에게는 그럴 권리가 있다!"

― 《반 고흐, 영혼의 편지》

콘텐츠의 바다에서 작은 파도를 타는 사람

꿈꾸는 모습대로, 바라는 만큼 이루어진다고 믿는다. 그 믿음이 철없는 허상이라면 차라리 세상과 신을 탓하고 싶다. 내가 간절히 꿈꾼 나는 '글 쓰고 그림 그리는 나'였다. 글과 그림 중에서 더 좁고 구체적인 꿈을 꾸었다면 내 삶이 지금과 달랐을 것 같은데, 막연한 꿈을 꾼 덕분에 나는 매일 아주 다양한 콘텐츠를 생산하며 살고 있다. 어느 날은 온종일 이모티콘을 그리고 어느 날은 이렇게 글을 쓴다. 기업 웹툰을 그리기도 하고 책 삽화를 그리기도 한다. 요즘은 N개의 직업을 가진 사람이라는 뜻으로 'N잡러'라는 말도 있는데, 나는 N종류의 콘텐츠를 만드는 사람이다.

이 일에 종사하는 것의 큰 장점은, 재미있는 콘텐츠를 보고 낄낄거리면서도 "콘텐츠를 많이 보는 건 내 일의 일환이다! 고로 나는 지금 일하는 중이다!"라고 당당하게 얘기할 수 있다는 점이다. 대체로 할 일을 미루며 놀 때나 흥청망청 시간을 보낼 때 변명처럼 하는 말이긴 하지만, 실제로 보고 듣고 읽고 느낀 것이 자극과 영감이된다. 콘텐츠를 많이 받아들이고 즐기는 사람이 되어 가는 것은 콘텐츠를 만드는 사람이 되는 것만큼이나 기쁘

펜슐 체조하듯 산다

고 의미 있다.

콘텐츠는 삶에 종종 재미를 더해 주고, 좋은 콘텐츠를 만나면 벅찬 감동이 밀려온다. 때로는 삶의 의미가 되어 주기도 한다. 뮤지컬 〈지킬 앤 하이드〉는 볼 때마다 '이거 보려고 살았지. 좋은 자리에서 보려면 더 열심히 돈 벌어야지.' 같은 생각을 하게 된다. 재미있는 드라마는 일주일의 원동력이 되고, 좋아하는 작가가 새 책을 내면 빨리 보고 싶으면서도 아껴 읽고 싶다. 콘텐츠는 정말 힘이 세다. 나를 살게 하고, 더 잘 살고 싶게 한다.

시간이 유난히 빨리 가는 장소가 두 곳 있으니, 바로 서점과 문구점이다. 교보문고 같은 대형 서점에는 책도 문구도 있다 보니, 아예 날을 잡고 가는 편이다. 교보문고에서는 시계를 볼 때마다 한 시간 단위로 시간이 바뀌는 마법을 경험할 수 있다. 하도 돌아다녀서 갈 때마다 눈이 아프고 진이 빠지지만, 교보문고로의 나들이는 언제나 설렌다.

하지만 책 작업을 한참 하는 동안에는 서점에 발길을 끊는다. 감명받은 콘텐츠에서 헤어나오지 못해 '나만의 작업'을 못하게 될까 걱정도 되고, 좋은 책을 보면 때때로 자괴감이 들기도 하기 때문이다. 이런 생각은 안 하려고 정말 노력하지만 '내가 존경하는 이 작가님 책도 만사천 원, 내가 쓴 책도 만사천 원……' 하는 데까지 이르면 그날은 도무지 아무것도 할 수가 없다. 누구나 자기밖에 낼 수 없는 목소리가 있으며, 누구의 이야기든 가치가 있다는 걸 기도문처럼 서른 번쯤 되뇐 뒤에야 뭐라도 할 수 있는 상태가 된다.

요즘은 콘텐츠의 형태도 채널도 무척 다양하다. 1인 미디어까지 합세하니 그야말로 콘텐츠의 바다다. 때로는 이러다 물에 빠져 죽을 것 같고 때로는 파도에 휩쓸려 알 수 없는 곳에 도달한다. 물을 먹고 헤매고 허우적거리지만, 그래도 나는 이 거대한 콘텐츠의 바다에 몸을 푹 담그고 있다. 이 아름다움이 넘치는 바다에 나도 나름대로 물을 붓고 있으며 작고 귀여운 물결을 만들고 있다는 감각이 더없이 행복하다.

잘 하고 있다

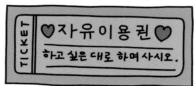

♥자유이용권♥

하고 싶은 대로 하며 사시오.

→ 어느 날 내게 주어진 자유...

드디어...!

난 자유야!
어디에도 묶여 있지 않지.

야호

사원증

근데... 뭐하지..?

잘하고 있다

자고로 모르는 건 물어보라고 했다. 질문하는 건 바보 같은 게 아니라고 했다. 그런데 물어보고 싶어도 물어볼 사람이 없으면 그때는 어떻게 해야 할까? 나는 묻고 싶은 것을 묻지 못해 자주 갈피를 잃는다.

혼자 일하면서 제일 힘든 게 바로 이 지점이다. "이거 괜찮아요? 나 잘하고 있어요? 이대로 가면 되는 건가요?" 하고 물어보고 싶은데, 그때그때 물어볼 곳이 마땅치 않다. 애당초 답이 없는 의심이 대부분이기도 하지만, 무심하고 흔한 "괜찮아."라는 말이 듣고 싶어서 아쉬울 때가 많다. 내 손에서 탄생한 것은 오롯이 내 책임이 된다. 나는 나 자신의 감독관이자 상사고, 내가 내린 평가가 최종 결정으로 이어진다.

남을 평가하는 건 빠르고 쉬운데, 내가 나를 평가하기란 거의 불가능에 가까운 일처럼 느껴진다. 서점에 가서 책을 고를 때 나는 딱 한 페이지만 읽는다. 한 페이지만으로 내가 끝까지 읽을 수 있는 책인지 아닌지 금세 파악되기 때문이다. 글만큼은 취향도 기준도 확실하다. 그런데 내가 쓴 글은 아무리 읽어도 내 기준에 맞는지 모르

맨손 체조하듯 산다

겠다. 봐도 봐도 모르겠으니 한 번 더, 조금 더 촘촘하게 점검한다. 그래도 모르겠다.

내가 나를 계속 의심한다. 나에 대한 남들의 시선이나 평가가 제아무리 답답하다 해도 진짜 괴로운 건 내가 나를 평가할 때임을 깨닫는다.

홀로 분투하는 게 너무 외로운 나머지 시스템에 의존하고 싶을 때도 있다. 자격증을 따고 합격증을 받고 상을 받거나 권위 있는 누군가의 입에서 내 이름을 듣는 것. 물론 그것도 결코 쉬운 일이 아니다. 세상엔 쉬운 게 없다. 하지만 시스템이든 사람이든 어떻게든 나를 인정해주기만 한다면 몸과 마음이 편안해질 것 같다. 내가 아닌 남이 부여하는 '자격'이 얼마나 공허한 건지 잘 알면서도 거기에 기대고 싶다. '괜찮다'는 확인을 받고 싶다.

그렇지 않고는 나는 나를 인정하는 법을 모른다. 대체 언제, 어디서, 어떻게 나를 인정할 수 있게 되는 걸까. 누구도 나에게 '해도 된다' 혹은 '하면 안 된다'고 말한 적이 없다. 자격도 족쇄도 없다. "못할 게 뭐 있어!"라며 낮에 큰소리치다가도 밤이 되면 의심이 의심을 물면서 금세 기가 죽는다. 무엇이든 될 수 있고 무엇이든 될 수 없을 때 나는 어떻게 해야 할까.

주문을 왼다. 이만하면 괜찮아. 이 정도면 충분해.

그저 살아가는 용기 ‼

누구한테 싫은 소리 하기/듣기 ···

안 좋아하는 사람 있는 모임 참석하기

그러고도 꾹 참기 ...

곤란한 상황에서 스트레스 안 받기

하기싫은 일..

청소와 정리정돈

마음에 없는 것 해내기

그냥 잘 못하는 것

내가 못하는 일

안 좋은 사람이랑 좋은 시간 보내기

외우기

수지 맞추기

체력에 부치는 일

지옥철 타고 출퇴근 하기

새벽에 밖에 있기

그저 살아가는 용기

책《작고 소박한 나만의 생업 만들기》의 저자 이토 히로
시는 매달 몇십 만 원 규모의 소소한 일을 여러 개 하면
서 먹고 산다고 한다. 어떤 일 하나로 300만 원을 번다
고 생각하면 머리가 아파 오지만, 딱 30만 원만 벌면 된
다고 생각하면 별것 아닌 것처럼 느껴진다. 그는 그렇게
별일 아니라는 가벼운 마음으로 다양한 일을 하며 살아
간다.

이 책은 언제나 손이 제일 잘 닿는 책장에 꽂혀 있다. 마
음이 조급해지거나 앞날이 막막할 때, 괜히 숨이 막히고
아무것도 손에 잡히지 않을 때 성경처럼 꺼내 읽는다.
그의 생활방식과 태도가 담긴 단정한 문장들은 그 어떤
아름다운 문장보다도 위안이 된다.

그의 생업 수칙은 일의 규모를 절대 키우지 않는 것이다.
월 30만 원의 작은 규모일 때는 골치 아프지 않던 일이
300만 원, 3000만 원 규모가 되면 그만큼 신경 써야 할
일이 많아지기 때문이다. 사람을 고용/관리해야 할 수
도 있고, 본인이 무리해야 할 수도 있다. 사업가나 부자
가 되고자 일하는 것이 아니므로 그는 결코 일의 규모를

키우지 않는다. 작지만 재미있는 여러 가지 일을 하며 나름대로 먹고 살아가는 것이 그가 원하는 삶의 방향이며 과정이다.

꽤 극단적이지만 군데군데 닮고 싶은 사고방식이 숨어 있다. 가장 크게 공감하는 부분은 '스스로 감당할 수 있는 정도로만 일한다'는 지점이다. 이는 충분한 자기 이해 없이는 불가능하다. 자기가 가진 역량과 체력하에 무리 없이 해낼 수 있는 것과 그러지 못하는 것을 구분할 줄 알아야 하기 때문이다. 그리고 자기 한계를 넘어서는 영역에 욕심을 부리지 않아야 한다. 하지만 일이라는 게 하다 보면 커지고, 하다 보면 욕심 나는 법이다. 일에도 관성이 있어서, 멈추는 것에도 힘이 든다.

잘될 것 같은 일도 크게 키우지 않을 용기, 욕심을 버리고 해 오던 일을 조용히 지속할 수 있는 담대함은 대체 어디서 나오는 걸까. 세속적인 욕망에서 벗어나 묵묵히 자기 삶의 방식을 유지하는 소신은 어떤 것일까. 이따금씩 그림 작업을 하기에 앞서 계산기를 두드리는 장사꾼의 모습이 될 때마다 나는 이토 히로시의 삶을 떠올린다. 그리고 마음을 비운다. 어차피 내가 바라는 건 그저 쓰고 그리기를 지속하는 삶이다.

우리의 얕은 연대

우리의 얕은 연대

혼자 보내는 시간이 많아야 진척이 생기는 일에 종사하고 있다. 흰 화면과 단둘이 마주하는 게 일상이다. 사회 생활이 자신 없는 나로서는 다행인 노릇이지만, 몇 날 며칠을 그렇게 혼자 지내면 그나마 남아 있던 사회성마저 사라지는 기분이 든다. 어디 사회성뿐인가, 서서히 언어를 상실하는 특별한 경험을 할 수 있다. 문장을 만드는 머리와 문장을 소리 내어 말하는 머리는 엄연히 달라서, 온종일 아무 말도 하지 않다가 입을 떼려면 어쩐지 말이 느리고 어눌한 것 같다. 자칫 영영 언어를 상실하고 사회생활을 다시는 못할 것 같은 기분이 든다.

사람 마음이란 게 참 우습다. 출퇴근할 때는 누군가와 함께 지낸다는 게 금방이라도 트러블이 생길 것 같은 잠재 요인으로 느껴졌는데, 조직 밖으로 나오자 얼마 못 가 동료를 바라게 되었다.

출퇴근이 사라져 넘치는 낮 시간을 주체하지 못하던 나는 이런저런 약속을 잡았다. 온라인에서 친분을 쌓아 온 프리랜서 작가들을 모아 삼삼오오 만났다. 대개 만남은 쉽게 성사되었다. 모두들 외딴 섬에 뿔뿔이 흩어져 지내느라 비슷한 외로움에 허덕이고 있었기 때문이다. 혼자 진득하게 앉아서 일상을 보내는 우리에게는 고충을 나누고 교감할 동료가 절실하다.

좋아하는 분야에 몸담았을 때 일어나는 행복한 일 중 하나는, 그 분야에 종사하는 다른 사람들에게 쉽게 닿을 수 있다는 것이다. 이 일에 종사하기 전까지 미지의 존재였던 작가, 편집자, 디자이너, 일러스트레이터 같은 직업을 가진 사람들을 이제는 꽤 일상적으로 만난다. 밥을 먹고 커피도 마시고, 함께 일도 한다. 심지어 말을 놓고 편하게 지내는 친구 같은 동료들도 생겼다.

나는 마음이 잘 맞는 작가님과 종종 약속을 잡는다. 그리고 카페에서 조용히 각자 해야 할 일을 한다. 할 일을 냅다 미뤄 두고 별안간 작은 인형을 만든다든지 클레이 피규어를 만든다든지 하는 날도 있고, 하소연으로 가득한 날도 있다.

우리는 나란히 앉아 있고 꽤 비슷한 일을 하지만, 약간의 거리를 두고 있다. 서로가 사회성을 상실하지 않도록, 언어를 잃지 않도록, 매일 밥을 혼자 먹지 않도록 최소한의 동료가 되어 준다. 굳이 "나는 너를 응원해!"라고 입밖으로 꺼내지 않더라도, 닮은 길을 걷는 사람이라는 사

실만으로 우리는 연대하고 있다. 그 얇고 느슨한 연대는
부족함이 없다.

작업실을 구하다

〈작업실을 가지고 싶은 이유〉

생활에서 완전히 분리된 공간이 있으면 일이 잘될 것이다.

규칙적인 생활을 유도할 수 있다.

출퇴근하며 좀 움직인다. 매일 일정량 강제로 걷게 된다. 도보 15~20분 거리가 제일 좋다. 적당히 일에서 로그아웃 / 일할 마음의 준비 가능한 시간이다.

> 오늘 걸음 100보.. 실화냐..

카페에서 일이 잘 되긴 하지만, 오래 있기엔 눈치 보인다.

6,000원
500원

게다가 작업실 있으면 음료 5잔 만들어 마실 수 있다.

짐도 쌓아놓을 수 있다.

음악도 취향껏 틀어 놓을 수 있다.

펜슘 체조하듯 산다

작업실을 구하다

얕고 느슨한 나의 작업 메이트와 가끔 만나 나란히 앉아 일하며 두어 달을 보냈다. 작업실을 함께 구하지 않겠느냐는 이야기를 먼저 꺼낸 건 상대 쪽이었다. 카페에서 매번 좋은 자리를 구하는 것도 쉬운 일은 아니고, 매일 카페 지하 한 쪽 구석에서 음료 서너 잔씩 시켜 가며 일하는 게 지치지 않느냐고 물어 왔다.

작업실을 차리는 것이야말로 오래도록 가졌던 로망이었다. 오로지 작업만을 위한 멋진 공간을 누가 마다하겠는가. 마음은 이미 아늑한 작업실에서 직접 내린 커피를 마시며 아침부터 밤늦게까지 그림을 그리고 있었지만 '일단 하던 것만 좀 끝내고 고민해 보겠다.'고 결정을 미루고 또 미뤘다.

문제는 돈이고 용기다. 가뜩이나 불안한 프리랜서 지갑인데, 작업실 보증금에 유지비까지 감당하겠다는 결심이 합리적일까. 고정 지출이 늘어나는 건 큰 부담이다. 그렇지만 확실히 분발할 수 있는 계기가 될 것 같았다. 현상 유지가 아닌 몇 보 진전을 위해 일할 테고, 동료 작가의 존재도 분명 내 손을 분주하게 할 것이다. 타인의 존재와 적당한 시선은 사람을 부지런하게 만들기 마련이다.

망설임의 끝은 결단이었다.

"그래요! 잘해 봐요, 우리!"

하지만 결심이 전부는 아니었다. 마음에 드는 매물을 찾고 계약 직전까지 갔다가 좌절하기를 두어 차례. 이유는 다양했다. 함께하기로 했던 구성원이 돌연 빠지기도 했고, 집주인이 다른 사람과 계약을 하겠다고 통보하기도 했다. 수포로 돌아가는 일이 몇 차례 반복되니 맥이 빠졌다. 세 번째로 계약이 파투 난 날에는 반쯤 포기 상태가 되었다. 그날 우리는 팔자를 비관하며 사주팔자 앱을 다운받기도 했다. 긴 사주팔자 풀이에서 우리는 듣고 싶은 말만 골라 읽었다.

그러던 어느 날 갑자기 기대조차 안 했던 매물이 나왔고, 당일에 계약금을 걸었다. 작업실을 계약하고부터는 마치 이 작업실이 우리의 숙명이었던 것처럼 일이 척척 흘러갔다. 계약서에 서명하고, 바로 입주 날짜를 잡고, 바닥을 박박 닦고, 나무로 된 가구를 하나둘 들이기 시작했다. 우리는 책장을 앞쪽에 두느냐 뒤쪽에 두느냐를

팬숍 체조하듯 산다

두고 아웅다웅하다가 일주일 후 작업실 공간의 한가운데에 어정쩡하게 배치하고 6인용 책상 하나에 대각선으로 앉아 그림을 그렸다.

작업실에서 어떤 일을 하게 될지, 그곳에서의 시간이 앞으로 어떻게 흘러갈지 모르겠다. 일단 냅다 내질렀다. 걸으려면 발을 떼는 게 먼저. 그다음은 균형을 잘 잡아 몇 걸음 앞에 발을 딛는 것이다. 지금은 열심히 균형을 잡고 있다. 곧 저만치 앞으로 나아가 있겠지, 우리는. 그렇게 머물지 않고 계속 걸으면 된다.

🖊️ 취향대로 작업실 꾸미기

보기만 해도 설레는 공간, 가구 그리고 색깔

이런 색 조합과

← 이런 와글와글한
평온함을 좋아한다.

※
스탠드
무조건
빨간색

인테리어의
기본 —

식물은
멋진
인테리어에
꼭 필요한
요소지만
고양이
외의
생명을 책임질 자신이
당장은 없다.

↑
붉은 빛
도는
어두운 나무 가구가 좋다.

176

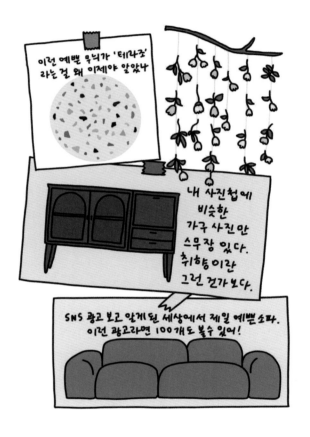

이런 예쁜 무늬가 '테라조'
라는 걸 왜 이제야 알았나

내 사진첩에
비슷한
가구 사진만
스무장 있다.
취향이란
그런 건가보다.

SNS 광고 보고 알게 된 세상에서 제일 예쁜 소파.
이런 광고라면 100개도 볼수 있어!

취향대로 작업실 꾸미기

작업실 입주 날짜가 정해진 뒤 우리는 곧바로 인테리어 구상을 시작했다. 일단은 작업실 테마와 전반적인 톤을 정하기로 했다. 작업실 용도와 우리가 원하는 분위기를 정확히 정하고, 목적과 예산에 맞는 가구를 찾아볼 예정이었다.

작업실의 주된 용도는 당연히 '작업'이다. "집에서는 집중력이 쉽게 흐트러지기 마련이니 작업실에서 바짝 그림을 그리고 글을 쓰자."는 게 작업실의 존재 의의였다. 언젠가 굿즈 사업을 시작하게 되면 재고를 쌓아 둘 공간, 포장과 배송할 공간도 필요했다. 각자 친구들이나 다른 작가님들을 초대해 놀기도 하고 가끔은 원데이 클래스를 열 수도 있다고 생각했다. 당시는 늦가을이었는데 봄이 오면 소규모 팝업 스토어를 기획해 보자며 우리는 잔뜩 꿈에 부풀어 있었다. 우리만의 공간이 생긴다니!

나는 완전히 비어 있는 공간을 0에서부터 시작해 꾸며 본 적이 없었다. 이사를 하더라도 이전 생활의 역사와 함께 이동했다. 필요한 것이 생기면 그때그때 구매해 방에 추가하는 식이었는데, 몇 차례 새로운 공간에 정착해 살다 보니 '이미 가지고 있는 가구'가 하나둘 늘어났다. 새 가구나 소품을 들일 때 기존 가구와 톤을 대충 맞추기는 했지만 역시 계획된 인테리어와는 거리가 멀었다.

이번에야말로 공간을 취향껏 기획해 보고 싶은 마음에, 사진 검색 앱과 가구 사이트들을 온종일 들여다보았다. 특히 남들이 자기 공간을 소개하며 올려 놓은 온라인 집들이 사진들을 수도 없이 보았다. 생판 모르는 남의 집, 방, 작업실을 구경하는 게 어쩜 그리 재미있는지. 어떤 장소는 미니멀하고, 어디는 또 아주 화려하고, 알록달록한 곳도, 완전히 무채색만으로 이루어진 곳도 있었다. 시간 가는 줄 모르고 보고 또 보면서 참고하고 싶은 인테리어 사진을 모았다. 엄선한 백여 장의 사진, 수십 명의 취향과 공간을 스크랩북에 모아 두고 잠이 들었다.

다음날 새로운 마음으로 스크랩북을 열어 보았다. 놀라우리만큼 비슷한 사진들로 가득했다. 내가 그렇게 뚜렷한 인테리어 취향이 있는지 그 스크랩북을 열어 보기 전까지는 전혀 몰랐다. 노트들이 아슬아슬하고 복잡하게 쌓인 어두운 나무 책상과 빨간색 철 스탠드가 놓여 있는 장면에 사족을 못 쓴다는 사실도 처음 알았다. 밝은 공간에 붉은 톤의 나무 가구들. 포인트 색상으로는 짙은 초록색과 주황빛이 도는 분홍색. 금방이라도 주인이 나타나 사용할 것처럼 보이는 손때 묻은 물건들. 내 마음이 움직이는 공간은 그런 곳이었다.

취향은 나조차 알지 못하는 틈에 이미 내 안에 존재하는 것인가 보다. 보자마자 "우와!" 하는 강렬한 느낌은 한 치의 거짓이 없다. 지금까지 그런 강렬한 순간순간에 세심하게 관심을 주지 않았을 뿐, 확실하고 분명한 취향이 몸과 마음에 새겨져 있다. 시선이 가는 곳에 조금 더 머무르며 살펴보다 보면 나 스스로에 대한 분명한 단서를 찾을 수 있을 것이다. 고작 하룻밤을 들여 만든 스크랩북만으로도 나는 내가 꿈꾸는 작업실이 어떤 모양일지 알 수 있었다.

결론부터 말하자면 인테리어는 꿈꾸는 만큼의 딱 절반 정도를 실현했다. 우리의 예산은 정해져 있었고, 각자의 우선순위와 취향을 조율해야 했다. 그래도 아주 마음에 드는 나무 서랍장과 기다란 테이블, 벤치 그리고 아늑한 러그를 구했다. 입주하고 일주일쯤 지났을까. 휴게 공간이 필요하다고 생각한 우리는 2인용 소파와 커피 테이블도 들여놓았다. 팝업 스토어를 열 만큼 갖춰진 상태는 아니지만, 우리가 매일 작업하고 쉬고 친구를 불러 시간을 보내기에 충분한 공간이 완성되었다.

맨손 체조하듯 산다

우리의 작업실 인테리어는 마무리되었지만 '취향 찾기'는 현재 진행형이다. 예쁜 게 보일 때마다 스크랩북에 차곡차곡 넣어 두고 있다. 지루한 일상에 반짝거리는 변화가 필요할 때 하나씩 사려고 한다. 개중에는 당장의 현실성은 없을지라도 꿈과 다짐이 담긴 아이템들도 있다. 인터넷을 떠돌다가 운명처럼 만난 소파 이상형도 그중 하나다. 조약돌처럼 둥글둥글하면서 군더더기가 0.1%도 없는 소파다. 지금은 집에도 작업실에도 도무지 놓을 자리가 없는 커다란 가구지만 언젠가 커다란 소파가 필요해진다면 꼭 이 소파를 사리라. 취향 스크랩은 계속된다.

한 작업실, 두 프리랜서

공동 예산에 쪼들리던 어느 날,
누가 내다버린 예쁜 액자를 발견했다.

엥? 저 액자
우리가 가져갈래요?

좋아요.
색깔도 딱 맞고!

↑
작업실에 딱 어울릴
붉은 빛 나무 액자

우리 그림 인쇄해서
걸어도 되고..

작업실 명패..?
그런 건 어때요!?

치열한 아이디어 회의 끝에...

한 작업실, 두 프리랜서

작업실을 가지게 되면서 몇 가지를 다짐했다. 최소한 작업실에 들인 돈 만큼은 그곳에서 벌어야 한다는 다소 속물적이지만 피할 수 없는 다짐도 있었다. 하지만 마음속 깊은 곳에서는 다음 두 가지만 지킨다면 어떤 비용도 아깝지 않다고 생각했다. 첫째는 '성실히 출석할 것'이고, 둘째는 '그곳을 절대 안락하게 여기지 말 것'이다.

첫 번째 다짐은 내 생활에 어마어마한 활력을 불어넣어 주었다. 작업할 게 있든 없든, 몸 상태가 좋든 안 좋든, 비가 오든 바람이 불든 매일 가야 할 장소가 생겼다. 아침에 일어나면 아무 생각 없이 나갈 채비를 하고, 아무 생각 없이 작업실로 향했다. 아무 생각 없이 책상 앞에 앉으면 뭐라도 시작됐다. 할 작업이 있으면 하고, 그게 아니면 일기를 썼다. 그도 아니라면 책이라도 읽으며 하루를 열었다. 잡념에 정신과 시간을 소모하는 일이 줄어들었다. 침대에 누워 '오늘은 어디서 작업할까? 카페 갈까? 카페 어디 갈까? 그냥 도서관 갈까?' 같은 고민을 할 필요가 없어졌기 때문이다.

두 번째 다짐은 작업실이 '작업실'로서의 의미를 잃지 않

펜슘 체조하듯 산다

도록 해 주었다. 물론 작업실에서 몸과 마음이 불편하면 안 되겠지만, 집처럼 편안한 장소가 되는 것도 곤란하다. 거기서도 똑같이 출출할 때 라면을 끓여 먹고, 쉬고 싶을 때 드러누워 빈둥거리고, 일하다 말고 유튜브나 보고 있다면 굳이 가야 할 이유가 없지 않은가. 그래서 우리는 몇 가지 구체적인 수칙을 정했는데 작업실에서 '본격적인 음식'은 먹지 말자는 것이 그중 하나였다. 의지를 다지기 위해 식기와 조리 기구를 구비하지 않았다. 그리고 나는 작업실에서만큼은 유튜브나 넷플릭스를 절대 보지 않기로 했다. 정 놀고 싶으면 일찍 귀가하는 한이 있더라도 작업실은 오로지 작업과 관련된 활동을 위한 곳으로 유지하고 싶었기 때문이다. 작업실 문을 열 때마다 '오늘도 여기서 꼬물꼬물 멋진 일을 벌일 거야!' 하는 마음을 먹었다.

물론 매일이 멋지기만 한 것은 아니었지만, 작업실은 생산성에 분명한 도움이 되었다. 훨씬 적극적인 태도로 작업에 임하게 되었고 생활에 군더더기가 줄어들었다. 실제로 당초 바람처럼 굿즈를 만들어 판매하면서 직접 포장과 배송까지 도맡아 했는데, 그건 집에서만 있었다면 절대 용기 내 도전하지 못했을 일이었다. 어쩌면 '반드시 이번 달 월세를 벌어야 한다!'는, 늘어난 고정 비용의 압박이 가장 큰 영향을 주었는지도 모른다.

아무튼 집과 완전히 분리된 작업 공간은 생활의 여러 부분을 바꾸어 놓았다. 그토록 헤맸던 '일과 삶'의 구분에 대한 나만의 답도 어느 정도 찾아가고 있다. 작업은 작업실에서, 삶은 집에서. 버지니아 울프가 "여성이 픽션을 쓰려면 자기만의 방과 1년에 500파운드의 수입이 있어야 한다."고 했던가. '자기만의 작업실'이라는 물리적인 공간은 내가 사랑하는 '쓰고 그리는 일'을 위해 꼭 필요했던 것인지도 모르겠다.

평화로웠던 작업실에
어느날 아침 갑자기
비가 내렸다. 아주
많은 날이었는데......
비가 주룩주룩 내렸다.
가구를 급한 대로 대피
시키고, 우산을 썼다.
집주인한테 다음 날
들은 바로는 배수관이 터졌고, 물에 젖은 천장과
나무 바닥을 전부 고쳐야 한단다. 그렇게 나는
고작 몇 개월만에 작업실을 잃었다.....
안정은 이렇게 쉽게 무너지는구나. 우리는 늘
다가올 물벼락을 모른 채 살아가는구나.

일을 선택하는 기준 ♡

붓질 좋아 ♡

유화

유화는 마르는 시간이 오래 걸린다. 그래서 한 겹 그리고 멈추고 또 한 겹 그리고 기다려야 한다. 그것 때문에 싫어하는 사람들도 있지만, 오래 시간을 두고 하는 작업의 매력은 어마어마하다.

일기쓰기

쓰기 시작하면 마음이 놓인다. 차분한 느낌이 좋다.

평생 책 쓰기 무언가에 평생의 열정을 다하고 싶다. 그렇게 쌓인 책들 옆에서 죽고싶다.

하고 싶은 일

요리하기 예쁘게 차려놓고 먹기

동물을 위한 일하기

→ 뭘 먹는지가 곧 그 사람이라는 말도 있다고 한다. 유사풀으로는 '뭘 사는지가 곧 그 사람이다.'도 있다.

188

일을 선택하는 기준

선택은 순간이고, 순간순간의 선택은 별것 아닌 듯이 느껴진다. 하지만 그때그때 내리는 사소한 선택과 하루하루 쏟는 노력의 방향이 자기 앞에 펼쳐진 길의 방향과 모양을 결정한다. 그걸 염두에 두면 선택 하나하나가 무거워진다. 매일 눈 떠서 할 일을 스스로 선택해야 하는 프리랜서에게는 더욱더 무겁다.

개별적인 업무 제안에 대해서 내릴 수 있는 선택은 두 가지다. 한다 혹은 안 한다. 이 두 가지 선택지 중에 '안 한다'를 고르기란 쉽지 않다. 들어온 업무가 그다지 하고 싶지 않거나 내가 잘할 수 있을지 의심스러운 일이라도 말이다. 안 한다고 선을 긋기에는 일을 제안한 담당자의 마음이 감사하고, 못 한다고 결론 짓기에는 기회를 차단하는 게 아닐까 싶어 영 찝찝하다. 물 들어올 때 노 저으라는데, 언제까지 물이 들어올지 모르니 냅다 노를 젓는 경우도 많다. 그렇게 어영부영 맡게 된 일은 작업하면서 어김없이 후회한다.

연이어 겹친 마감 기한을 맞추느라 밤을 새우고, 손목과 어깨와 눈을 자비 없이 혹사하기도 몇 달. 중심을 잡지 않으면 내 앞에 펼쳐질 길이라고는 밤샘 길, 물리치료 길 밖에는 없겠다는 무서운 생각이 번쩍 들었다.

요즘은 어떤 업무가 들어오면 할지 말지 판단하기 전에 미리 세워 둔 기준에 대입해 본다. 일의 단가와 소요되는 시간, 함께 일해야 하는 곳의 규모와 일 처리 방식 같은 것도 물론 따져 보지만 내가 중요하게 고려하는 요소는 일의 자유도, 독립에의 기여도이다. 일의 자유도는 말 그대로 '일을 얼마나 내 마음대로 할 수 있는지'다. 조금 생소하거나 어려운 일이라도 자유롭게 할 수 있다면 얼마든지 재미있는 방향으로 일을 가져갈 수 있다.

사실 다음 조건이 더 중요한데 바로 '독립에의 기여도'다. '장기적으로 내가 독립적으로 일하는 데 도움이 되는 일인가'를 가장 꼼꼼하게 따져 본다. 외주 받아서 하는 일보다는 내 이름이 걸리는 일, 특정 기업에 의존하는 일보다는 내 브랜드를 구축할 수 있는 일을 선택한다. 일회성에 머무는 일인지 앞으로 지속해서 할 수 있는 일인지도 한번 더 생각해 본다.

그날의, 그 주의, 그달의 선택을 돌아본다. 어떤 일은 하고, 어떤 일은 하지 않겠다고 내리는 크고 작은 결정들이 나를 어떤 곳으로 인도하고 있는지 문득 불안해지곤

맨손 체조하듯 산다

한다. 부디 그 방향이 자유롭고 독립적이기를, 그리하여
내 의지만으로 걸음을 내디디며 나의 길을 개척하는 날
이 오기를 바란다.

애정을 담습니다

좋아하는 일을 한다는 게

매 순간 즐겁다는 걸
의미하지는 않고,

좋아하는 사람을 만나는게

매 순간 기쁘다는 걸 의미하진 않는다.

하지만 좋아하는 마음은

누구에게나 어떤 삶에나 찾아오는
슬프고 힘들고 초라한 순간을
견디게끔 해 준다.

애정을 담습니다

'좋아하는 일이냐, 잘하는 일이냐.'는 질문을 종종 받는다. 질문을 조금 바꿔서 '미래에 잘하게 될 가능성이 가장 높은 일이 뭐냐.'고 묻는다면 단연 '좋아하는 일'일 테니, 딱히 양자택일의 문제가 아닌지도 모르겠다. 노력이나 재능에 더해 애정이 있어야만 갈 수 있는 영역, 애정이 담당해 주어야 하는 부분이 분명히 있다. 누구나 좋아하는 일을 할 때는 힘이 정말 세진다.

좋아하는 일은 취미로 남겨 두는 게 좋다는 주장을 이해하지 못하는 건 아니다. '좋아하는 일'이 너무 소중해 취미의 영역에 아무런 흠 없이 남겨 두고 싶을 수 있다. 좋아하는 선에서 즐기면 되니까 짐도 부담도 없다. 나한테는 발레가 그렇다. 발레를 업으로 하는 분들은 가벼운 몸을 만들기 위해 운동도 따로 하고 식단 관리도 하겠지만, 취미 발레인인 나는 예쁜 발레복을 사서 몸을 치장하는 것에 관심이 더 많고, 고된 수업 후에는 꼭 떡볶이를 사 먹는다. 선생님은 가끔 "그러려고 운동하느냐?"며 잔소리하시지만 괜찮다. 취미인걸.

업은 다르다. 아무리 힘들어도 할 건 해야 하고, '눈물 나게 하기 싫은 일'이 산더미처럼 쌓이기도 한다. 때로는 배보다 배꼽이 커진다. 그뿐인가. 시간과 체력은 한정되어 있고 돈은 벌어야 하니 효율성을 따지지 않을 수 없다. 정말 하고 싶은 작업이 '돈 안 되는 일'임을 머리로 알 때, 그래서 마음속 우선순위에서 어쩔 수 없이 밀려날 때, '이게 아닌데' 싶은 씁쓸함이 밀려든다.

그럼에도 가장 좋아하는 일을 업으로 만드는 길을 택했다. 후회하지 않는다. 좋아하는 일이 주는 반짝거리는 설렘이 어떤 것인지, 일에 애정이 담기는 순간 얼마만큼의 에너지가 발산되는지 알고 있기 때문이다. 하루 중 많은 비중을 차지하는 노동 시간을 그런 일로 채울 수 있다는 것만으로도 복에 겨운 일일뿐더러, 그 몇몇 행복한 순간 덕분에 좋아하는 일에 수반되는 고됨을 기꺼이 견디고 싶어진다.

앞으로도 나는 이 애정의 순간을 조금이라도 오래, 자주 느끼기 위해, 애정 어린 작업물을 하나라도 더 세상에 내놓기 위해, 좋아하는 일을 하며 살아갈 것 같다.

맨손 체조하듯 산다

콩 심은 데 콩이랑 팥이랑 🌱🌱
옥수수까지 자라게 해주세요

이런 수확이
있을 줄 알았냐고요?

아뇨- 몰랐죠.

그런데 어떻게 견디며
계속 물을 주고 노력했냐고요?

견딘게 아니었어요!
저한텐 이 길밖엔 없었거든요.

콩 심은 데 콩이랑 팥이랑 옥수수까지 자라게 해 주세요

나는 새내기 프리랜서다. 배포도 배짱도 없지만 더는 미룰 수 없어서 어렵사리 결단을 내렸다. 돌연 프리랜서 선언을 하자 "각이 안 보이는데?" 하며 만류하던 친오빠가 하루는 프리랜서 지침서 같은 걸 내밀었다.

그 책에는 프리랜서 후배들을 위한 현실적인 조언이 담겨 있었다. 할 일을 받아 놓은 상태에서 회사를 그만둘 것, 6개월 정도 먹고살 수 있는 돈을 모은 뒤에 퇴사할 것, 회사에 소속되어 있을 때 신용카드를 만드는 등 금융 업무를 모두 완료할 것과 같은 실용적인 이야기들이 있었다. 비록 퇴사 후에 읽었다는 게 흠이긴 했지만, 나는 새삼 내가 현실을 얼마나 모르고 살았는지 깜짝 놀랐다. 프리랜서는 신용카드도 만들지 못하고, 대출도 못 한다.

그런 구체적인 계획까지 하고 회사를 뛰쳐나온 건 아니었다. '지금은 아슬아슬하지만, 아마 곧 잘될 거야.' 하는 아주 낙관적인 믿음을 가지고 있었을 뿐이었다. 나는 통장 잔액을 하루에도 다섯 번씩 살펴볼 만큼 단기 수입에 전전긍긍하지만, 서너 개월 이후의 미래에 대해서는 그저 낙관적으로 생각해 버리는 경향이 있다.

사실 지금부터 3개월 이내 수입은 대략 예측이 가능하다. 프리랜서의 세계에서 한 달 일한 수입은 대체로 그다음달이 아니라 2~3개월 뒤에 들어온다. 아직 내공이 부족해서 그 이후의 미래 수입은 예측하기 힘들다. 그리고 이 지점에서 내 낙관성이 끼어든다. 별다른 근거 없이도 이 회색지대를 무지갯빛으로 예상하는 것이다! 상상 속에서는 먼 미래일수록 장밋빛이 되곤 한다.

뿌린 만큼 거두고, 콩 심은 데 콩 나는 세상이 아니다. 노력도 때로는 배반하기 마련이고, 무언가에 시간과 노력을 들인다는 건 수익률을 알 수 없는 투자 같은 것이다. 이제 막 씨를 뿌린 땅에는 당연히 거둘 것이 하나도 없다. 싹이 나기는 하는 건지, 더 나은 미래를 꿈꿔도 되는 건지 도무지 알 수 없는 기다림의 시기가 있다.

하지만 그럼에도 계속 씨를 뿌리고 물과 사랑을 주면 미처 예상하지 못한 순간이 찾아온다고 믿는다. 잠잠하던 척박한 노력의 땅에 싹이 트기 시작한다. 콩뿐만 아니라 팥과 옥수수까지 자랄지도 모른다. 아무것도 나지 않은 땅만 보았을 때는 상상조차 하지 못할 아름다운 식물들이 기다림 끝에 비로소 피어날지 누가 알겠는가.

'꾸준히 노력하고 있으면 언젠가 하나는 터지겠지.' 하는 바람으로 발을 내디뎠다. 노력이 쌓인 곳에는 지금의 나로서는 알지 못하는 무궁무진한 가능성이 숨어 있다고 믿어 의심치 않는다. 마음 저편에 이 정도 한탕주의는 심어 놔도 괜찮지 않을까?

지금은 두세 개의 싹이 겨우 올라와 있는 나의 소박한 노력의 땅이다. 그 싹더러 콩이 되라고, 팥이 되라고, 옥수수가 되라고. 하지만 그냥 잡초라도 괜찮다고 중얼거리며 새내기 프리랜서는 오늘도 오늘의 노력을 붓는다.

펜솝 제조하듯 산다

같은 일도 재미있게

나도 모르게 빠져드는 사람

내가 바라는 건
이런 장면이
늘어나는 것 뿐!

같은 일도 재미있게

재미가 빠진다면 일이고 삶이고 못 해 먹겠다고 줄기차게 부르짖지만 인정할 건 인정한다. 일을 재미만으로 할 수는 없다. 재미있는 짧은 순간을 위해서 재미없는 과정을 견뎌야 하기도 하고, 선택의 여지 없이 반드시 해야만 하는 일이 지독하게 재미없을 때도 많다. 얼마 전에 사업자등록과 통신판매업 신고를 하러 세무서와 구청을 전전했다. 그날은 유난히 미세먼지도 많고 축축 처지는 날이었다. 곧 다가올 소득세 신고도 재미라고는 찾아볼 수 없는 시간이 될 게 분명하다.

재미없는 일을 전부 피해 가기란 불가능하다. 게다가 재미있는 일에도 지루한 순간이 있기 마련이다. 그렇다고 '어차피 일은 재미없어.' '일은 재미없어도 돼.' 같은 체념으로 이어질 필요도 없다. 같은 일도 얼마든지 다르게 할 수 있기 때문이다. 주어진 틀이 있을지라도 그 안에서 재미있는 구석을 찾으려는 노력이 무의미할 리 없다.

고백하자면 나는 자기 일에서 재미를 느끼고, 재미가 없다면 찾으려 애쓰며 끝내 그 희망을 놓지 않는 사람을 정말이지 사랑한다. 누군가 자기 일에 관해 이야기하면

펜솔 체조하듯 산다

서 재미라는 단어를 사용하면 그 순간 나는 무장해제
다. '일'의 맥락에서 그 단어를 듣는 것, 보는 것만으로도
짜릿하다. 업무 메일이나 미팅에서 상대방이 "함께 재미
있게 해 봤으면 좋겠어요." 같은 문장을 사용하면 게임
은 끝난다. '답장하기' 버튼을 누르기도 전에 나는 그와
재미있게 일할 궁리를 한다.

어떤 일을 하느냐 마느냐를 두고, 혹은 어떻게 하느냐를
두고 "이 일은 돈이 되잖아요." "이렇게 하면 성공할 거예
요." 같은 말보다 "재미있을 것 같아서요." "재미있잖아
요."라고 얘기할 때 쉽게 설득되는 건 나뿐일까. 나는 그
저 철이 덜 들었고 세상의 매운맛을 아직 덜 본 걸까. 하
지만 먼 미래에도 지금처럼 재미에 움직이는 사람이 되
기를 꿈꾼다. 그게 사치라면 사치 좀 부리련다.

살아가는 것도 일하는 것도 마냥 재미있을 수만은 없겠
지만 그래도 재미를 잃진 않겠다. 재미를 소중하게 생각
하는 사람들과 함께 즐겁게 일할 거다. 시간을 들이는데
재미있어야지. 노력을 들이는데 재미있어야지. 소중한
'나의 일'인데 재미있어야지!

작업실에서의 하루 -☀-
(2020년 1월의 어느 날)

시간	
13	점심 먹고 느릿느릿 출근! 걸어가면 25분쯤 걸린다.
14	작업실 도착! 노트북·아이패드 셋업 해놓고 커피를 만든다. 음악 들으며 하루 일정을 짠다.
15	스마트 스토어에서 굿즈 주문 내역 확인하고 발송 준비한다. (상자에 굿즈 포장, 운송장 부착)
16	일기 쓰고 의뢰 온 외주 그림을 그린다. 마감 엄수!!
17	발송 건 밖에 놔둔다. (기사님이 이쯤 픽업해 주신다.)
18	SNS에 올릴 '오늘의 그림'을 그린다. 아이디어 구상 한 시간쯤...
19	그리고 실제로 그리는 것 30분~한 시간 쯤... 그림 완성하고 SNS에 올리고
20	고픈 배를 부여잡고 후다닥 집으로...♥ 뿌듯한 하루 끝! ♥

간다!

상자 3초에 하나 접을 수 있음...

일하기 전 루틴

① 음료를 만든다.
친오빠가 작업실 입주 선물로 준
커피 머신 덕에 대개 라떼를
만들어 먹는다.

② 다이어리에 상세하게 하루 일정을
짠다. 할 일 목록을 만들고, 시간
별로 할 일을 정한다. '시간 표시가
되어 있는가'가 다이어리 볼 때 매우 중요한
포인트다.

③ 여전히 일이
안 될 것 같으면
일단 **일기**를 쓴다.
뭐라도 끄적이면 반동이 걸릴 수도..

④ 음악을 듣는다.
글 쓸 땐 아무
것도 안 듣고,
다른 일 할 땐
기분에 따라
기타 연주곡도
좋아하고, 아이유
노래도 좋아하고!

⑤ 그래도 안 된다면...
핸드폰 **앱** 힘을 빌린다.
Forest 라고 폰 잠금 앱이 있어서
그걸 쓰기도 하고, 그냥 타이머로
40분 집중-20분 휴식을 재기도 한다.
타이머 돌면 무조건 집중하는 거야!!!

작업을 도와주는 도구들 ✏️

아이패드와
애플펜슬,
그리고 키보드 폴리오
⟳ 하루도 안쓰는 날이
없는 작업도구이자
최고의 장난감...♡

다이어리
(스케줄 관리)
그리고 노트

형광펜

노트북에도 아이패드에도
키보드 달려 있지만, 원고
쓸 때는 블루투스 키보드 따로
쓴다. 키감이 좋아서 손가락이
덜 아프다.

모나미
FX 153

급하게 필요해서 편의점에서
산 하드커버 노트인데, 펼침연
일 잘되는 마법노트다.

맥북. 에어드랍 쓰느라
애플 제품만 맴돈다.

원고 교정할 때
프린트를 보관
하는 빨간색
파일.
역시 원고는
종이로 봐야
제맛.

204

맨손 체조하듯 산다

혼자서도 잘 먹고 잘 살고 싶다는 주제로 책 한 권을 쓴 사람. 단체 생활에 무던히 묻어가는 것이 가장 어려운 사람. 싫거나 불편한 건 참기보다는 최선을 다해 피하는 사람. 그러고 보면 나는 곁에 가까이 두고 싶지 않은 사람일지도 모르겠다.

그럼에도 옆에 머물러 주는 좋은 사람들이 있다. 가족, 연인, 친구 같은 사적인 관계에서 영감과 원동력이 되어주는 사람들뿐만 아니라, 업으로 맺게 된 인연들이 내게 뜻밖의 감사한 기회를 주는 경우가 종종 있다. 예전에 연이 닿았던 편집자님이 몇 년 만에 연락을 주신 덕분에 책에 들어갈 삽화를 작업할 수 있는 기회를 얻었고, 마지막 직장에서 퇴사할 때 외주 계약을 맺은 덕에 프리랜서의 삶에 무사히 연착륙할 수 있었다.

어느 정도의 사교가 사람에게 꼭 필요하듯이, 프리랜서에게 일정 정도의 인맥은 생존에 직결된 문제다. 나의 부족한 사회성에도 불구하고 나를 찾아준 사람들 덕택에 내가 원하던 모습으로 일하며 살고 있다.

출판사와의 연도 그렇다. 첫 책 《그럴 땐 바로 토끼시죠》를 카멜북스에서 출간하고 몇 달 뒤, 두 번째 책 계약을 했다. 같은 편집자님, 디자이너님과 이 책 작업까지 쭉 함께할 수 있었다. 첫 책을 출간하면서 가장 바라던 바이기도 했는데 이유는 간단했다. 출판사에서 두 번째 계약도 수지가 맞겠다고 판단해 주기를 바랐고, 무엇보다도 운 좋게 만난 '책 만드는 일에 애착을 가진 사람들'과 계속 같이 일하고 싶었기 때문이었다. 첫 책 그리고 이 책의 맨 뒷장에 이름이 적힌 분들도 그렇게 느꼈기를 바란다.

무사히 두 번째 책 작업을 끝냈다. 출판사에서 '작가님'이라 부르며 마감 기한을 정해주신 덕분에, 당근과 채찍과 할 일을 주신 덕분에 '책 한 권 낸 사람'이 아니라 '책 쓰는 사람'으로 지낼 수 있었다.

'덕분에'의 목록에 내가 만드는 콘텐츠를 애정으로 지켜봐 주시는 분들을 빼놓을 수는 없다. 콘텐츠를 완성해 주는 것은 언제나 독자다. 봐 주시는 분들이 있어서 내가 만드는 사람으로 남을 수 있다는 걸 잊지 않으려 한다. 콘텐츠를 만드는 일이 막막한 허공에 소리 지르는 것처럼 느껴질 때마다 독자들을 떠올린다. 감사한 마음으로 충만해진다.

맨손 체조하듯 살겠다고 부르짖지만 실상 수많은 사람의 은혜와 도움으로 살아가고 있다. 손 내밀면 닿을 거리에 머물러 주는 사람들에게 감사함을 전하며 책을 마무리하고 싶다.

함께해 주셔서 정말 감사합니다.

틀림없는 든든한 버팀목

결국에 나를 살게하는 건 내 사랑들

맨손 체조하듯

가볍고 유쾌하게,
느리더라도 끝까지

계속 해보겠습니다!

맨손 체조하듯
산다

초판 1쇄 발행 2020년 7월 20일

지은이 지수
펴낸이 이광재

책임편집 김미라
디자인 이창주   **마케팅** 정가현   **영업** 허남

펴낸곳 카멜북스   **출판등록** 제311-2012-000068호
주소 서울 마포구 성지길 25 보광빌딩 2층
전화 02-3144-7113   **팩스** 02-6442-8610   **이메일** camelbook@naver.com
홈페이지 www.camelbooks.co.kr   **페이스북** www.facebook.com/camelbooks
인스타그램 www.instagram.com/camelbook

ISBN   978-89-98599-69-0 (03810)